北岳·中国文学年选

《名作欣赏》杂志鼎力推荐
权威遴选
深度点评
中国最好年选

万冲　肖炜 ◎ 主编

# 2018 年

## 诗歌选粹

Selected Poems

山西出版传媒集团　北岳文艺出版社
BEIYUE LITERATURE & ART PUBLISHING HOUSE

· 太原 ·

**图书在版编目（CIP）数据**

2018年诗歌选粹 / 万冲，肖炜主编. —太原：北
岳文艺出版社，2019.1
（2018·北岳·中国文学年选 / 续小强主编）
ISBN 978-7-5378-5818-2

Ⅰ.①2… Ⅱ.①万… ②肖… Ⅲ.①诗集－中国－当
代 Ⅳ.①I227

中国版本图书馆CIP数据核字（2018）第297510号

| | | |
|---|---|---|
| 书名： | 主　编：万　冲　肖　炜 | 责任编辑：高海霞 |
| 2018年诗歌选粹 | 策　划：王朝军 | 书籍设计：张永文 |
| | 项目统筹：庞咏平 | 印装监制：巩　璠 |

出版发行　山西出版传媒集团·北岳文艺出版社
地　　址　山西省太原市并州南路57号
邮　　编　030012
电　　话　0351-5628696（发行部）
　　　　　0351-5628688（总编室）
传　　真　0351-5628680
网　　址　http://www.bywy.com
E - mail　bywycbs@163.com
经 销 商　新华书店
印刷装订　山西人民印刷有限责任公司

开　　本　787mm×1092mm　1/16
字　　数　304千字
印　　张　18
版　　次　2019年1月第1版
印　　次　2019年1月山西第1次印刷
书　　号　ISBN 978-7-5378-5818-2
定　　价　58.00元

# 序

/ 万冲

　　2013年至今，《诗歌选粹》已走过五个年头。伴随着年末临近，2018年的编选与点评工作，均已顺利告迄。相较于师兄师姐们的出色工作，这份选本出自一个诗歌学徒的稚嫩眼光。编者以一名读者的角度，选定了这些带来美妙体验的诗作。它们似乎都是正在被需要的时候，就恰好出现了一样。但愿这种工作态度，能保证诗歌选粹一贯的认真与诚意。在编选过程中，编者竭力令个人趣味，受到某种标准与尺度的纠正。而所谓的标准，并不外在于每首诗歌之外，而在于写作者应对表达之难的真诚。这种真诚，体现于写作者对自我的深度挖掘，对共同处境的敏锐辨识，以及表达过程中的语言伦理。

　　卡尔·曼海姆曾发过这样的感慨"我们生活在一个自我认识的时代。这个时代与其他时代之所以不同，并非在于拥有了全新的信念，而在于不断增长的对自我的认识与关注"（卡尔·曼海姆：《卡尔·曼海姆精粹》），当然，这里所言的"自我关注"，并非鸵鸟埋首式的自我封闭，而是如姜涛所言，"扬弃了修齐治平的传统以后，如何在启蒙、自由、革命一类抽象系统的作用之外，将被发现的'脱域'个体，重新安置于历史的、现实的、伦理的、感觉的脉络中，在生机活络的在地联动中激发活力"（姜涛：《从"蝴蝶""天狗"说到当代诗的笼子》）。安置生命个体价值的诗歌，或许应将此作为写作的关注与动力之一。正是带着这种后置的意向性眼光，编选者将诗选分为"身体的感触""造物的光芒"、"途中的秘密""词语的拯救"与"灵魂的叹息"等五个专辑，试图呈现出"自我关注"的不同面向。

"身体的感触"，关注比语言更趋近意义本源的身体。身体记录着生命面对世界的原初感受，不仅构成了人思想意识的核心，而且也形成了人对世界的观念图景。另外，"身体是事件被铭写的表面"（福柯语），刻写着社会制度和意识形态的印记。如何与制度化的规训保持距离，又能与深层次内心体验紧密联系，关乎生命的源泉与活力。年轻诗人张媛媛以细微的身心气息与宏大自然之气混溶，沟通了自我与自然的关系，"你从远方归来，带来气象的变化/而我欲御风，复长啸，使宇宙动荡"（张媛媛：《野马》）；朱朱则是在敏锐的内向辨认中，触着了生命的牢固核心，"再一次攀登，是的，只有撞击过/才满足，只有粉碎了才折返，/从不真的要一块土地，一个名字，/一座岸——虽已不能经常地听见/身上的海，但我知道它还在"（朱朱：《我身上的海》），或如泉子，捕捉到身体内部神圣的光源，"在对神持续的仰望与注视中，/光芒来自你的心，/来自身体的至深处"（泉子：《凡心》）。

"造物的光芒"，将目光聚焦于周围事物的灵韵，"一颗静止的小星/呼吸着微弱的光"（张嘉珮：《散步》）。它们以自己本真的生命形态，永恒地注视、启发着人类，为人类带来生命的秩序感与安定感。人类也与这些造物一道，融入生命之间的本源性亲近中，在那里归于生命与生命之间的倾听与应答。"像刚刚/离开一个被占领的国家，突然与人/相爱而站立不安。等等或看看。/拉近某个远处。聆听空中物。/从听觉那孔儿，探入那宇宙"（余怒：《鸟儿斑斓》）。

"途中的秘密"则是一次中途小憩，一场自由的精神漫游。在解除了身心之役后，"怀着纯洁的爱观看宇宙间的万物"（冯至语）。"小孩子们走了，他下车/在乡野里从南到北地瞭望。/一座一座的孤峰连接着/他们，又或是连接着/他们之中的任何一个/连接着天和地。"（砂丁：《远足》）在事物的形体与姿势中，领悟更宏大的秩序。

"词语的拯救"，关注诗歌如何制造一种"反环境"，"对现实环境进行戏拟，直到成为它的反讽形式，并映衬出现实环境的荒谬"（弗兰克秦格龙：《麦克卢汉精粹》），从而将自己从难以明察的麻木状态之中拯救出来，保持明澈的生命意识。如安吾"只有我一个人在愤怒中走路，在暗中/理解这国家。我没有危机感，因为子弹/即将拧紧我的未来，但活到今天，我还/一些话，未说给你们这些不完美的人"（安吾：《活着的人》），令"诗中的反讽因素更像是

2

一把已被锈蚀的钝刀子，不断置换着语言内部的盐分，生成灵魂的白色结晶。"
"仿若一部不言自明的当代传奇，一部暗色调的时代纪录片"（张媛媛评点《活着的人》）。

"灵魂的叹息"，则将倾听生命和语言的宿命。"感叹就是中国人在命运、万物、天地面前表达和表白自己的基本方式"，"慨叹是对人生无意义本质的肯定，却又没有因此否定人生"（敬文东：《感叹诗学》）。在叹息中，饱含着无限的忧患与热爱。如昆鸟面对时代和祖国之困，所发的感叹，"在这个老得像弟弟的祖国/它的进程/它的进程啊"（昆鸟：《家的岁末》）。

上述简要的说明，除了作为阅读提示外，也试图呈现出某种编选期待，人在与自我、世界的关联中，获得自我反省、自我清洁的意识，"为自己而追求自己的道德目标"（以赛亚·伯林语）。用泉子的诗来说就是"你要成为一轮圆月，/成为那悬挂于天空的明镜，/你要吞下全部的灼热，而倾吐出，/这可洗濯世世代代人心的清辉"（泉子：《圆月》）。

感谢诸位诗人的慷慨支持。感谢杨碧薇、李海鹏、肖炜、马贵、苏晗、付邦、张媛媛、李丽岚、李娜、洪文豪、张嘉珮、张执浩等诸多好友。在艰难之际，他们挺身而出，奉献出自己的宝贵时间和精力，贡献出与每首诗相配的精彩点评，令本年度诗歌选粹得以顺利完成，并使之大为增色。感谢项目统筹庞咏平女士，感谢责任编辑高海霞女士。她们的认真、耐心和细致，令本书能如此精美地呈现给大家！

谨识。

2018年11月6日定稿于中央民族大学

# 目 录

**身体的感触**

## 词语的拯救

## 灵魂的叹息

身体的感触

# 《遂宁九章》之二：在永失中

/陈先发

我沿锃亮的铁路线由皖入川
一路上闭着眼，听粗大雨点
砸着窗玻璃的重力。时光
在钢铁中缓缓扩散出涟漪
此时此器无以言传
仿佛仍在我超稳定结构的书房里
听着夜间鸟鸣从四壁
一丝丝渗透进来
这一声和那一声
之间，恍惚隔着无数个世纪
想想李白当年，由川入皖穿透的
是峭壁猿鸣和江面的漩涡
而此刻，状如枪膛的高铁在
隧洞里随我扑入一个接
一个明灭多变的时空
时速六百里足以让蝴蝶的孤独
退回一只茧的孤独

这一路我丢失墙壁无限

我丢失的鸟鸣从皖南幻影般小山隼

到蜀道艰深的白头翁

这些年我最痛苦的一次丧失是

在五道口一条陋巷里

我看见那个我从椅子上站起来了

慢慢走过来了

两个人脸挨脸坐着

在两个容器里。窗玻璃这边我

打着盹。那边的我在明暗

不定风驰电掣的丢失中

选自"长江文艺杂志社"微信公众号（2018年10月）

作者 —— 陈先发，1967年10月出生于安徽桐城。1989年毕业于复旦大学。著有诗集《春天的死亡之书》《前世》《写碑之心》《养鹤问题》，长篇小说《拉魂腔》，随笔集《黑池坝笔记》《裂隙与巨眼》等。曾获奖项有十月诗歌奖、十月文学奖、首届中国海南诗歌双年奖、首届袁可嘉诗歌奖、天问诗歌奖、中国桂冠诗歌奖、2015年桃花潭国际诗会中国杰出诗人奖、陈子昂诗歌奖、安徽文学奖等数十种、第七届鲁迅文学奖诗歌奖。2015年与北岛等十诗人一起获得中华书局等单位联合评选的新诗贡献奖。作品被译成英、法、俄、西班牙、希腊等多种文字传播。

在今天，速度与时间的关系越来越诡谲莫测，在个人的生命体验中尤甚，生性敏感的诗人常常在其中感到困惑与割裂，甚至无以为继，皆因过快的速度昭示着一切都将速朽，缺少恒定之物会为生活带来无着感，就像诗中那个"明灭多变的时空"。这首诗正是完整地表现了现代生活的痛感与退潮感。丢失的墙壁，从一种稳固的结构中被抛出，象征着生命意义的缺失，坚固的东西烟消云散，使人失去应对变化的能力，但仍然伴随身边的居然是亘古的孤独，无法消弭的孤独，这无疑让诗人陷入更大的迷茫与悲伤中。在诗的结尾，诗人与过去的自己，也是列车上玻璃中倒映的自己产生了割裂，速度获得了最后的胜利，在人与人相互抛弃的孤独社会里，连记忆与自我也是可以随意弃置的。（肖炜）

# 色盲小夜曲

/戴琳

交通灯摇摇招手，对岸的人群投来
冷漠的怀抱。停驻的远光烧灼视网膜
随本能朝下躲避雾霾中的暗示，一个你
跟着另一个夜色，没有霓虹也漂亮
积水的路面变幻成出土古镜，歪曲
也许是更加修饰，整个城市在其中扭腰
跳恰恰。沿途有不需要过马路的拐角
拐去更幽深的小路，树枝试探伸手相牵
明早环卫工就要修剪多余的情爱，所以要快
快过一道过去的幸福闪电。月亮也冷
摇晃啤酒杯想夺取更多失落的人，融进
刚刚潮湿的胃胃。你试图搅拌浓稠的时间
在小街的餐馆，讲速食一样的咸话
想抓住可靠的灵感，却只能抬手揉脸
仿佛红了的是停驻的汽车尾灯，而不是眼睛

选自《骏马》2018第5期

作者 —— 戴琳，鄂温克族，1994年生于呼伦贝尔市鄂温克族自治旗，现为中央民族大学少数民族语言文学系2017级硕士研究生。曾获樱花诗歌奖，作品散见于《诗刊》《诗歌月刊》等。

评鉴与感悟 —— 随处可见的比喻、拟人等修辞在这首诗中不仅是语言技艺层面的"陌生化"手段，还更直接与诗人感受周围事物的方式联系在一起。在语言的魔法下，交通灯向冷漠的人群招手，路面水洼中的城市倒影跳起了恰恰，夜色掩护下的树枝试探着牵手，月亮摇晃啤酒杯……诗人想象用一双色盲的眼睛去观察"另一个"夜色，她不得不尽量避免使用颜色词，与此同时，却意外地拥有了更敏锐的洞察力：交通灯、车灯、积水路面的反光、月光等各种光线的细微变化在看不见色彩的眼睛里共同奏响了一支小夜曲，光线的变幻和树枝的动作讲述了另一些被喧嚣霓虹淹没的故事。"五色令人目盲"，夜晚城市的街道"没有霓虹也漂亮"。在这首充满光线和动感的小夜曲中，还隐藏着一种速度，如等待红绿灯时短暂停驻的车灯和人群，如积水路面以某个恰好的入射角映出整座城市的幻影，如树枝在夜风吹拂中刹那相触，一切都在快速发生又结束，"快过一道过去的幸福闪电"。诗人在这样一段由许多短暂事件密集组成的"浓稠的时间"里，试图去"抓住可靠的灵感"，却感到眼睛布满了红血丝。高速的街景令感官疲倦，但诗人仍努力用语言去刷新我们无数次重复的体验。（李丽岚）

# 戊戌盛夏

/ 飞廉

戊戌年盛夏，住在桃花弄54号院，
我清晨登山，傍晚临水——
青蛇似的山间小路，芭蕉宽袍大袖；
断桥行人如流水，有灯光的地方，飞虫如乱雪。
风雨不定，
须及早采储一些荷叶，盛放昨天的冷饭，
修补明天的寒衣。

听着空调的风声睡去，想起小时候
家乡冬夜的大风，
深夜醒来，窗外空调的滴水声，像一场秋雨。
孤山下，八百多年的古香樟，
在它枯死的高枝上，
我种下了一棵楚树。

就着蝉鸣写《思旧赋》。
我想念睡在万松岭枫杨树下的卖葡萄老人。

某年岁暮，

凤凰山一间老桐小院，雪越下越大，

纷纷落入我们的酒杯。


读孟浩然，读辛弃疾，读哈耶克，

读托尔斯泰，

鲍照埋冰千年，待后来者，戊戌年

这个即将消逝的盛夏，我得到了其中的一小块。


选自"送信的人走了"微信公众号（2018年8月）


作者 ——

飞廉，本名武彦华，1977年生于河南项城，毕业于浙江大学，著有诗集《不可有悲哀》，与友人创办民刊《野外》《诗建设》。


评鉴与感悟 ——

移居凤凰山西湖畔的诗人飞廉，"清晨登山，傍晚临水"，终日与书为伴。这首《戊戌盛夏》便是他山中隐居生活的写照。其诗的古典韵味不仅来源于对古典诗词常见意象的征用，更在于诗人始终以舒缓的语调，为我们讲述着一种返璞归真的日常生活方式。透过他诗意化的目光，"断桥行人如流水"，"飞虫如乱雪"，就连空调的风声、滴水声这样富有现代感的音响，在饱受古典文化浸染的耳朵听来，也能勾连起"家乡冬夜的大风"和"一场秋雨"。山中风雨不定，诗人能以一种古老而朴素的生活智慧从容应对：及早采储荷叶，盛放冷饭，修补寒衣。所谓"诗意地栖居"，背后是诗人在枯死的"古香樟"的高枝上种下一棵"楚树"的文化选择。于是，写诗于飞廉而言正如"就着蝉鸣写《思旧赋》"，不论是那位"睡在万松岭枫杨树下的卖葡萄老人"，还是孟浩然、辛弃疾、哈耶克、鲍照，纷纷来到他的笔端，成为他日思夜想的同伴、栖居生活的一部分。他的诗成为一封封寄往过去的信笺，诉说与书里的友人们把酒论诗、登高望远、雪中围炉夜话的故事，一边追怀逝去的好时光，一边努力让旧日子在写作与生活中复活。（李丽岚）

# 深夜的仁寺洞步行街

/冯晏

游客少了许多，
那些挂饰、木刻以及韩式云纱都累了，
走进自我也从冷清开始，
摆脱，或者被摆脱。
呼吸听见呼吸，
午夜，对流的气体环绕并缓慢扩散。

脚趾被路擦破，
灼热的版图是真实的。
那些店铺从被烤熟的嗅觉里翻了个身，
回到沐浴后的样子。

琴声少了许多，
被黑暗吞下去的白天给世界腾出空位。
古街，让给秋天袭来的一根竹叶，
石头路面反光如水，
影子偶尔交谈像有人划桨。

11

一个提琴艺人闭目贴近琴曲子：
德彪西《亚麻色头发的少女》。
我付钱的手指触到一个铁罐，
空寂，深不见底。

夜在撒网，
转角，我遇见某一次梦境的现场。
红木窗和老酒吧就是所说的时间之前。
凸起眉毛的古代面具，
陷入玻璃柜。

路灯沉向地面发出吱吱声，
散步属于隐藏的一种，或者治愈。
下水道已流尽嘈杂和黏液。
明日，步行街将收留另外的我们。

一个咖啡店牌匾亮着"归天"，
汉字里的夜更深了。
红漆门上预告一个诗歌朗诵会：
通灵——语言在沉默里不断挑战的神。

地心入口的羊头挂在海洋隧道的鱼尾处，
词语像飞蛾扑火。

选自《作家》2018年第8期

作者 —— 冯晏，20世纪60年代初出生于包头市一个知识分子家庭。在包头钢铁设计研究院长大，后又随父母迁居武汉及哈尔滨。

20世纪80年代初开始诗歌写作并在国内外发表作品。出版诗集《冯晏抒情诗选》《原野的秘密》《看不见的真》《纷繁的秩序》《冯晏诗歌》《碰到物体上的光》《镜像》（此书被评为商务印书馆2016年冬季十大好书）。参与策划出版和印制黑龙江《九人诗选》《诗歌手册》，"剃须刀诗丛"《吉米教育史》，"诗歌哈尔滨诗丛"《边界线》《小月亮》等。先后获《芳草》杂志汉语诗歌双年十佳诗人，《十月》诗歌奖，长江文艺·完美（中国）文学奖，苏曼殊诗歌奖等。诗歌作品被翻译为英语、日语、俄语，韩语、瑞典语等多种语言文字。多年来已深入世界数十个国家旅行、写作。应邀出席过国内外多种诗歌节及诗歌学术活动。先后在哈佛大学、燕京图书馆等国内外多所大学交流、演讲、朗诵。

评鉴与感悟 —— 这首诗首先让人联想到"移步换景"的手法，我们的目光，也在跟随诗人的脚步一寸一寸挪动。但它又并非简单地沿用移步换景的单线结构，至少还嵌套进了内心的视角，诗人在用"心"看，在冷静地审视，"走进自我也从冷清开始"便是暗示。在双重的移步换景中，我们看到了店铺、石头路面、提琴艺人……也看到了世界的空位、深不见底的空寂、梦境的现场和飞蛾扑火的词。虚虚实实，在明暗交叠中如枝蔓丛生，诗人重构了一个立体的仁寺洞步行街，它是诗人所独有，也在戛然而止的地心入口，抛出了词的有限性甚至是诗的限度的问题，这也是冯晏在写作中一直关注的问题。（杨碧薇）

# 热天午后

/黄婧怡

鲶鱼一样坐在公交车上
今天比你想得还要热，
为什么要到这里来，为什么要去那里
上车的老人，工地里蒙过的肤色
喧嚣，叫喊，到站，炸了一样
每一点疏忽都让肢体冲突碰撞
一个小眼聚光的老妇人坐在我对面
侧脸看着我，似乎在说，你怎么能坐在这？
我，我昨晚可是两点才睡，早上七点起床
我这样的年轻人，早就忙了一个上午
我的衬衫裙已经蔫了，靠，领口也皱了
丝袜被墙钉钩破，汗在我的小腿上爬着，
到裙角的开衩，像一把剪刀进入
再差一点，一只被拔皮的烤乌鸦肉
孤零零的一条肉肉的腿上还有几根羽毛
让这件发骚的衣服拖你进入学院工地
你跟每个路人打个照面，有点莽撞的

有点狐疑的，差一秒，驶出一点

就将拖出一条桃色或民事案件

我这样的年轻人，忍受着例假的魔毯摩擦

我这样的年轻人，美丽又危险

街角的撒拉餐厅在轻雾霾天升起炊烟

弯弓的外邦人讲起远方母国的那只秃鹫

讽刺他的反复无常，感叹经济紧张

嘘，把这些话连红茶一起喝掉

可知隔壁包厢也藏着一些大料？

傍晚你来到北土城，你先坐地铁

汗吸干了，性激素从袖口散出去

人们和人们碰一起，但如果

有人朝你的耳根后吹气

你一定会反手打一个巴掌

当然你想着时间不能浪费啊，就站着看

理查德·罗蒂的《偶然、反讽与团结》

结果经过的男人都朝这多看了一眼

出站已是黄昏，马路出奇地宽

下班的人不断走过来，但好像都跟你无关

男的女的在这不敢放荡，为了吃饭

写字楼多干净啊，但你总觉得

有一座被截去尖尖角的金字塔

正笼罩在这条街上

我这样的年轻人，

"把生命当婊子在这继续地追"①

但是今天外面热死了！

在这样的太阳下你全身而退，

车还开得比艾斯·库珀还要快

---

①此句出自歌曲《外面有点冷》。

15

哥们你或许是向未来的丈夫借了点

生活有偿的好果子

这就不得不加一分未来生活的虚度，

除非你有时为了工作挣扎起来，

却看到他在饭桌前摆的东西

"不是说过不要放芹菜了吗！"

2018 年 4 月 29 日

选自 "朱贝骨诗社" 微信公众号（2018 年 5 月）

**作者**

黄婧怡，女，1995 年 11 月出生于福建宁德。高中时开始接触诗歌，2014 年就读于中央民族大学哲学与宗教学学院宗教学专业，同年秋天加入朱贝骨诗社，2015 年至 2016 年底担任朱贝骨诗社社长一职，2018 年夏天毕业，获哲学学士学位。个人作品见于豆瓣和社团公众号等，鲜有发表。现为中国人民大学哲学院宗教学在读硕士。

**评鉴与感悟**

"我这样的年轻人"，究竟是怎样的年轻人？对自我的认识离不开外界环境的刺激和反馈，在这个"热死了"的午后，"我"开始了一场对自我以及对生活的认识旅程。"热"是贯穿全诗的氛围。这热不是"炙热"，它不会像沙漠地带的烈焰那样烤干你的皮肤，给你致命的一击。这是一种"闷热"，它的特质不是"干"，而是"黏"。它要个了你的命，不会给你恐惧，但就是要让你难受，让你心烦。这难道不就是我们的生活吗？我们的生活就是结尾的那盘"芹菜"。生活中的大风大浪可以击垮我们，但也给了我们变强的机会。唯独这"黏"得人心痒难耐的"闷热"，唯独这总是摆脱不掉的"芹菜"，会慢慢损毁一个人的意志。"我这样的年轻人"，究竟是怎样的年轻人？诗中对

"年轻人"的形象进行了立体的刻画，如作息方式，身体经验，文化素养等等，而这个"年轻人"的核心气质是"不满"。这种"不满"情绪通过讥诮、反讽的语调贯穿全诗，与"闷热"如两条线一样扭结纠缠。诗中"理查德·罗蒂的《偶然、反讽与团结》"非常有趣，它既是"年轻人"形象的一个道具，也是该形象思想观念的象征物，此外它还暗示了此诗的结构：反讽。诗中的两处说唱艺术引文也是如此。如此种种，或许是我们对抗这"闷热"生活的武器。（张嘉珮）

# 印象多么恍惚（外一首）

/江汀

印象多么恍惚，但又确实存在。
上午的烟雾仿佛带着声响飘过。
我的早年生活，已然被染上色彩，
但现在，我又被家乡环绕。

曾凝聚起来的，还将被散去。
旅程结束了，但他还得继续走着。
黄昏，他可以自然地卧下，
伴随涌上来的无动于衷。

我惦记着某个地方的冬天。
我的呼吸为何如此局促，
全部意念在冷风中变得透明。

最底部的事情，一直在复述。
在黑暗中，你会遇到某人的谦卑。

它并不奇异，只是一团更深的阴影。

2018年3月20日

## 这确实是我的泥潭

这确实是我的泥潭。
我日常的、不可见的严酷。
那些被遗失的事物，仍然存在，
而它们的名字不可被说出。

零零星星的，但是清澈的声音。
这是春寒，穿过了墙壁。
但我闭上眼睛，不去观看，
因为我的童年是一间暗室。

仪式继续。一颗秋天的心。
过去和未来，疲倦的秘密，
天边的际线，脸上的皱纹。

于是你沿着泛白的堤岸走过。
那么多的呼吸，涌到我的四周。
我将在街道的底部猛然醒来。

2018年1月10日
选自《人民文学》2018年第5期

作者 ——

江汀，安徽望江人，1986年出生，现居北京，著有诗集《来自邻人的光》、散文集《二十个站台》。曾参与发起北京青年诗会，获十月诗歌奖等奖项。

评鉴与感悟 ——

这两首诗的情绪整体上都有一种混沌感，仿佛弥漫着19世纪俄罗斯乡村的冬日雾气。把诗的第一句当作题目的做法，或许是暗中向某些俄罗斯诗人致敬，但其造成的二重奏音效从一开始就奠定了忧郁的抒情声音。在诗中，主体的内心被外化作一系列寒冷、黑暗、朦胧的环境，我们读到，生活的困锁最后都通向了对命运的追问。为了通向这种形而上的维度，诗人的方法是完全沉浸于对事物的感受中，并以经验空间的扩散来延长这种感受。或者说，诗人有意规避具体性以求更恒久的诗意空间。比如，诗人写道："那些被遗失的事物，仍然存在，/而它们的名字不可被说出。"由此，我们也会被一种巨大的无名之物所环绕，其逼问指向了存在。（马贵）

# 室外的夏天

/津渡

夏天这样短暂
如同河对岸，打水的俄罗斯女人
脱下短衫的瞬间。

风，涤荡草场
牲畜的汗息和粪便的气味，跟随热浪
席卷而来。

某个时刻，你感到厌倦
在扁豆扬起的蔓须和蜀葵的脸盘之间
怅然若失。

蓝莓酱捣好了
装进透明的罐子，不知名的纱翅虫
在玻璃壁、马腿阴影里爬搔。

逼真的幻觉

一再陷入可能，犹如那呆傻的木刻楞之窗
眺望每个来临的日子。

还有很长的路
而躯体并不急着起身，它被流水挽留
在不断跃动的反光里。

选自"撞身取暖"微信公众号（2017年10月）

作者

津渡，1974年出生，湖北天门人，中国作家协会会员。曾获徐志摩诗歌奖，著有诗集《山隅集》《穿过沼泽地》，散文集《鸟的光阴》《植物缘》等。

评鉴与感悟

一贯钟情于聆听自然之声的诗人津渡，同样深谙心灵之声的微妙。诗歌是对每一种未命名事物／经验的命名，是作为一个"精致的瓮"，把握那不可定型的流动的情绪。正如苏珊·朗格所说："在我们感受到的所有东西中，有很多东西并没有发展成为可以叫得出名字的'情绪'。"在我看来津渡在这首诗中饶有兴致地审视并试图命名夏天带给我们的一种普遍的厌倦感。诗人一边感叹在时间的意义上"夏天这样短暂"，但又体验到夏天作为一种空间（"室外的夏天"）所带来的恍惚、"厌倦"与"怅然所失"。纱翅虫因此变得并不可笑，它就像一个小小的隐喻，木刻楞窗了，包括被窗子束缚在室内的人，都在眺望着时间酝酿的秘密。诗人一边感叹"还有很长的路"，另一边，"并不急于起身的身体"被这种迷离梦幻的难以把握的世界吸引、挽留。但可以想见，诗人的脚步在这短暂的命名事件之后必将变得更加温和而坚定。（洪文豪）

# 夏初印象

/李海鹏

夏初印象
傍晚的光从湿漉漉的叶缝间
吐出嫩芽。旧衣服沉重，仿佛在滴水——
匆匆擦肩而过的身体低着头，看不清
面孔：黏稠的汗液漂出来，让街道越发狭窄。

春笋的五月。菜贩在无精打采中
谈着价格。慵懒的箩筐缓缓投下
肥胖的身影，流着汗，路面上漫过一片
黑色：两条套着丝袜的瘦腿从中伸出，旋即

消失于街角。被黑发遮住的脸庞
从不在这里停留太久。而汗水中渗出的
脂粉味迅速沉淀成那双高跟鞋中无法抑制的

情欲。手插进裤兜里的小男孩
把舌头伸向高高的店铺橱窗。在糖果和酒的

23

混合气味中他长大，当橱窗的巨大阴影淹没他幻想中
额头上发亮的小硬币。

选自"小众雅集"微信公众号（2018年10月）

作者 —— 李海鹏，1990年3月生于辽宁沈阳，2008年考入中央民族大学文学与新闻传播学院，现为中国人民大学文学院博士研究生。曾获未名诗歌奖、光华诗歌奖、樱花诗赛一等奖。作品发表于《诗刊》《星星》《上海文学》《诗林》《飞地》等。

评鉴与感悟 —— 这首诗是一次修辞的练习，诗人娴熟而精准地完成了每一个词语的调度，为浮光掠影的夏初印象和内心蠢蠢欲动的激情找到了一个适当的空间秩序。在这个由傍晚的光、雨后的树叶、街道、行人和菜贩构成的空间里，居于中心地位的是身体的汗液，它以匆忙和疲倦的信号从行人毛孔中漂出，"让街道越发狭窄"；又以情欲的形式钻回诗人的鼻腔，在释放身体热量后又分泌出更多的激情。诗人自己与他人的汗液在这个潮湿狭窄的空间内流动，成为空间得以逐步延展的一条时间线索。夏初黄昏街头，行人无精打采或急于赶路回家，低着头的身体面目模糊，"套着丝袜的瘦腿""被黑发遮住的脸庞""高跟鞋"等身体局部都只一闪而过，无法拼凑出一个完整的形象，这与诗人内心混乱的激情恰好对应。末一段的"小男孩"无论作为诗人身处的空间中的一部分，还是存于记忆中，都与诗人此刻的欲望构成了一个有趣的对照。汗水中渗出的脂粉味正如童年"糖果和酒"散发的诱惑，人正是在经历诱惑、幻想欲望被满足并遭受到不被满足的失败中长大。（李丽岚）

# 永 夏

/李娜

夜，雨水被拆空
留下泛潮的滩涂。我沿着
草地的边缘行走，一些光亮
从这里蒸发，潜入漫长的黑河
我无法变得轻盈，无法随着
潮热的空气在密集的柔软中伏身
当陌生的影子重合，生活的水波
微微颤抖，一些细枝末节也微微颤抖
撑裂所有远离温暾与复杂的可能
当七月来临，拆毁一些细小的喜悦
就如同打断雨里沉溺的巡游
再嬉笑着，翻转出永恒的郁热
终究乏善可陈，也没有人再来询问
那些夜晚，在那些极安静的草坪边缘
绵密地生长着的痛苦与笨拙，是否
最终都被灼成了细末。该如何证明
在一夏的时间里，打碎一面可能之镜

远比培植一棵孱弱的无花植物轻松

而复杂的是，我目光触及的

那些葆有新鲜或刺激的

都如迷人的孤独者再次降临

选自《飞天》2018年第8期

作者——

李娜，1996年生于甘肃天水。中央民族大学2018级中国现当代文学硕士在读，朱贝骨诗社第十二任社长。曾获樱花诗歌奖，光华诗歌奖。

评鉴与感悟——

读完这首诗，让人感到一时无从说起，开篇的叙事随着内心独白的展开悄悄溜走了，漂浮于众多迷人意象、场景之上的是一种更迷人的语气。娓娓道来的口吻如一位少女在夏夜与友人促膝，低诉往事，声音温婉，又隐含某种决心：如果生活终究乏善可陈，如果那些夜晚再也无人问起，她仍要记录下这些微微颤抖的细枝末节，"细小的喜悦""痛苦与笨拙"。在夏夜，雨水的降落与蒸发带来一些人事的变化，"拆毁""打碎"与"生长"在"一夏的时间"里并肩而行，诗人耐心观察着一切事物的发生与消逝。她的回忆并非一次"雨里沉溺的巡游"，而是一面"可能之镜"，葆有"新鲜或刺激"，向此刻的自己充分敞开。因此，与其说这首诗是个人生活的某一页日记，毋宁说是借由回忆对当下自我情绪的一次清理和反思。毕竟只有在每一次当下的书写里，夏天才可能是永恒的。（李丽岚）

# 忧　伤

/庞培

忧伤从雨滴里跑出来
大声宣告它在世上的观感：
古老的、古老的品质
清新的、清新的空气

被夜的纤足踩踏的草地
膨胀了：一个雨后的天气
恋人们犹如草叶舒张的茎脉
呼吸着爱的贪婪

窗玻璃上的水珠
恍若喷泉的反射
雨中仿佛有提琴弯曲的演奏
有博物馆墙上音乐家的头像：
莫扎特、格里格……

所有的雨点一齐晃动

仿佛一阵旋舞的裙子
在避雨的人群中认出一名闪亮的
少女，忧伤溢出她的发梢
湿润是她小夜曲的性格

选自"诗乐现场"微信公众号（2018年6月）

作者——

庞培，1962年出生，现居江苏江阴，早年曾在江南各地漫游。诗人，散文家。散文著作有：《低语》《五种回忆》《乡村肖像》《黑暗中的晕眩》《旅馆》《帕米尔花》《少女像》等。作品获刘丽安诗歌奖、柔刚诗歌奖。其部分作品被翻译成英文、法文。

评鉴与感悟——

小夜曲是一种轻柔舒缓、委婉缠绵的音乐体裁，而在诗人庞培的诗歌中，小夜曲被赋予了一种新的品质：湿润。因而，庞培截取了雨中的一个片段，借此来呈现何为"忧伤"。雨水自乌云的内部掉落，乌云是层层云朵堆积，云朵是大地升起的水汽，而水汽来自世间万物的呼吸。万物的忧伤因子也凝结在水汽之上，升腾成云，又落地为雨，诗人捕捉到雨水滴落的瞬间："忧伤从雨滴里跑出来"。庞培的语言也如雨滴一般轻盈、柔软，虽然以"忧伤"作为诗的题目，但诗的色调却不是忧郁的冷色，反而充盈着澄明、清澈与透亮的光线。顺着光线进入诗歌内部，犹如聆听一首悠扬的雨后舞曲。复沓的形容词如回环的舞步，重复的旋律交织成时空的共鸣。雨珠在玻璃之上反射着微弱的光，如同空旷的野外传来舞曲的回响。在共鸣中，我们听见诗；在回响中，我们言说诗。诗人的声音也成了舞曲的一拍，在动人的旋律中摇曳，如雨水旋舞的裙摆。雨水润泽着草地，也润泽着恋人们的呼吸。"在避雨的人群中认出一名闪亮的/少女，忧伤溢出她的发梢"，少女是雨水的化身，恋人的倒影；她是明亮的来由，也是忧伤的符

号；她如小夜曲般轻柔而湿润的性格正在演奏、正在诉说——在雨中，没有"爱"让人忧伤；只有"爱"让人忧伤。（张媛媛）

# 夜间游戏

/苏丰雷

晚稻被汗水割倒、脱粒、
装载回仓之后，他们占领了
这片母腹般的田野。他们在
亮莹莹的月光中兴奋地追逐，
胡乱踩着清脆的稻茬、温柔的土地。
他们又躲猫，在草垛的阴影里，
在田埂边和田沟里，
匍匐或深蹲，隐藏着，呼吸让人发毛的
暗色空气，在那角落里一边紧张
又一边激动。
天地之间只有他们不安分。
此刻的他感受到
天地用袋状的眼把他兜着打量，
而他尽管害怕，
但还是无畏地面对着，
汲着属于自己的快乐！
是啊，无边无际的快乐

从半透明的玻璃球世界

泌了出来，或者说，是他们

用自己的贪心

把快乐从一个密封的黑色皮囊里

汲了出来，

要是白天这么做

他们还觉得不过瘾呢。

选自苏丰雷新浪博客

作者
苏丰雷，原名苏琦，1984年生于安徽青阳，现居北京。2014年与友人共同发起"北京青年诗会"。2015年参与上苑艺术馆国际创作计划。著有现代诗集《深夜的回信》，生活随笔集《城下笔记》。

评鉴与感悟

古典诗歌写儿童游戏，有"忙趁东风放纸鸢""寻逐春风捉柳花"。按现代诗人朱英诞的话说，无数写儿童游戏的古典诗写得"是些什么玩艺儿"，他们不过把儿童当作一个观赏的小玩艺写。这也许是古典诗歌的结构性缺陷。而在现代诗歌中，诗人变身为掘金者与炼金师，在语言与动作/情境多向的剥开中，抵达事物与情感的深处。我们看到诗歌缪斯最为坦然的显灵，这也是现代诗歌才有的权力术。苏丰雷用智趣的笔眼审视着孩童的"夜间游戏"，他临时发明了一种快乐的精神现象学。"天地之间只有他们不安分""是啊，无边无际的快乐"，诗人并不像古典诗歌中那样，纯粹站在旁观者的角度，作审美的一瞥，而是一边理性地、精致地建立起经验的布景：晚稻、田野与草垛的阴影都弥漫着神秘气息，世界是一个玻璃球，而万物竟然因为孩童与夜间的暧昧游戏而联系起来；另一边，诗人分明是扮作"他"在诗中体验着紧张与激动交织的游戏，那种奇妙的神秘体验仿佛让我

31

们重回往昔。这一切难道不正如诗中那个精妙的比拟——"天地用袋状的眼把他兜着打量"——诗人用溢满童趣的诗心把夜间游戏兜着打量。（洪文豪）

# 玻璃(外一首)

/孙磊

那条街散开头发，
城市就软下来。
某种深渊的声音，
像叫夜的手
捂住嘴。
你的手，传递着
一艘船的冰冷，
使我
无法想象
在永别的夜里
怎样成为
玻璃。


## 五　月

五月，在我身上，

在脚上，我忍住离开，像一棵年轻的树；

在膝盖里，我奔跑，不受弯曲的诱惑；

在强劲的大腿里，我撑住经常摇晃的船；

在腰间，我的尊严闪着刚愎的光；

在胃里，我的素食，是如此单纯的敌人；

在腐烂的肺中，我呼吸着女孩们的命运；

在嘴上，我说出我的羞耻，它们藤蔓一样给我明天；

在眼中，我有灿烂的道路，但我闭上它，沉默成一把无人触碰的大提琴；

在头发里，我是一阵温暖的风；

在头脑里，我的风旋转，形成死亡的美景。

五月，在我的身体里，

有一个家，有一张桌子，

一群亲人，他们多次原谅我，

这一天，他们的原谅，在我的杂草里，

有一阵智识的虚白。

选自"山东省现代艺术研究院"微信公众号（2018年8月）

作者——

孙磊：生于1971年。任教于中央美术学院造型学院实验艺术系、山东艺术学院美术学院综合艺术系。曾获第十届柔刚诗歌奖、2003年首届中国年度最佳诗人奖等奖项。出版《七人诗选》（合著）《演奏—孙磊诗集》《孙磊画集》《独立与寂静的话语》《中国当代新锐水墨经典—孙磊卷》《去向—孙磊近期诗作》《处境：孙磊诗歌》《乌有之力》《孙磊诗文集》等。

诗人孙磊的语言有着玻璃一般的特质：透明的词语澄澈且准确，看似质地平滑，实则内蕴锋刃。隔着这层玻璃窥视孙磊构建的文本空间，一个苦涩的、孤寂的、冷色调的场景倒映在眼前。视线紧追诗人的情绪，集中到某一条街道——"那条街散开头发"——引发无限遐想，晚风吹拂街边的柳枝如少女秀发飞扬，城市在风中变得柔软。玻璃隔绝着诗歌内部的声音，像是被捂住了嘴。因而"某种深渊的声音"无法传递到读者的耳蜗。此时，诗歌中出现了"你"，诗人意欲倾诉的对象，但这个"你"依旧是无声的。"你"用手传递着"一艘船的冰冷"，这种"冰冷"既代表一种没有温度的离别，又传递着一种没有感情的冷漠。在离别的甚至于永别的时刻，不必再故作坚强，不必再伪装温暖，不必再收敛利刃，却也无法成为冰冷易碎的玻璃。《玻璃》一诗以寥寥数行的篇幅包蕴着无尽的遐思和愁绪。玻璃，音近于"剥离"。诗人小心翼翼地剥离开自己的情绪，剥离语言的颜色与温度、形状与声音，剥离你与我——甚至是永别，最终，诗只剩下了透明。易碎的可能时刻暗藏危机而不露声色。

如果说，孙磊的《玻璃》以停顿造就想象的留白，《五月》一诗，就仿佛是一气呵成，将画面填满，不留缝隙。诗人借"身体"连接着时间与空间，使变幻无穷的词语在身体之中如血液般汩汩流动，甚至几欲喷薄而出。美国哲学家威廉·詹姆斯认为，身体感受对于提供时间意识的认知是至关重要的，对时间流逝这一现象的感觉，绝不是纯粹持续而无实际内容的感受。而我们的身体边界从来不是绝对纯粹，而是相当疏松且容易渗透穿越的。"五月"正自下而上、自外而内的渗入抒情主人公"我"的身体。在这个过程中，"我"忍住离开、不受诱惑、呼吸命运、说出羞耻、形成死亡的美景……这一番奇妙的历险，正是诗人与时间纠缠不清、反反复复地抵抗与和解。而在诗的末尾，"我"与身体内部的"我们"相互谅解，但这"原谅"本身却在杂草之中，"有一阵智识的虚白"。（张媛媛）

# 孩子们的使命和礼物①（外一首）

/王天武

试着看清它们
试着在它们活生生的时候
即使它们之中能活下来的不多
以它们的开端，以它们的欢乐
它们翻滚，像一个球，像扎加耶夫斯基的
叙述；试着认识它们叙述的样子
那是一种颜色或更深的颜色
认识那些颜色
它可能是"永不遗忘的日期"②
这其中没有一个日子不可诅咒
一切如同那时——

2018年7月13日

_____

①和李建新。
②阿赫玛托娃的诗句。

36

# 风

风吹着树、山坳、墙头草
山里的和山外的人
它不知道我是上帝安排在城里的诗人
上帝能造万物包括它
包括我脸上的倦容和倦容里的沟壑
包括我在山里时，鸟儿在我头上观看
我任由风吹我任由它处理我的事
那比我自己处理要好得多
我让语言经由我的口到它的口
风的固执是佩索阿才有的事物

选自"一朵花儿红了"微信公众号（2018年9月）

**作者** —— 王天武，男，生于1970年代，诗人。现居辽宁阜新。

**评鉴与感悟** —— 这是两首十足的抒情诗，同时也都带有致敬的色彩。第一首写孩子们的使命和礼物，但通篇使用的代词"它们"似乎并不能让人确切地明白，其所指代的究竟是什么。这首诗选择了一种明快的、令人舒服的语调，使人在阅读时还能获得一丝愉悦。但主题的不明确，以及在这样短小的篇幅中大量使用他人的诗句，一方面造成了语意的不连贯，另一面也使人心疑这首诗的作者究竟是谁。第二首的情况相对要好，写风吹万物，以及"我"与风的关系。但表面的和谐并不能掩盖内部的空虚。前两句所传达出来的意涵并没有在后续中得到延展，而是像从未被注意到一样快速地忽视；如果单以读者的角度来理解尾句，读者似乎也不能理解。翻译腔过于浓重亦是本诗的弊病所在。（付邦）

# 晾 衣

/王子瓜

他像一位寡言的邻居那样可敬，
终日在隔壁书写着什么。
夜晚，为他支起心灵寂静的帐篷，
星辰把洁净的年轮涂满墙壁。
他酝酿着细节，静静滴水。

有时他不免要从自己的形体中踱出来，
站在一边，像触摸和审视某个
不认识的别人：这里
是一小块泥土的痕迹，烟圈般
消隐着，周围那遥远的林地，
布谷鸟衔来四季的枝子。
这里留着一点香气，好像心上的
人儿还没走远，相赠的礼物
尚未蒙上多年的尘埃。还有这
一处褶子，总不能熨平。
常常会痛苦，所以常常会攥紧。

黎明时他便开始写了。他蒸发，
一边写，一边读给天空中那位
唯一的听众。阳光好的时候，
他坐在那儿能读上一整天。
偶尔我打完了球，在操场红色的
塑胶跑道旁休息；或者
交上填满的试卷，长舒口气，
望向窗外，我会察觉到在那片
湛蓝之中似乎有什么人在陶醉、放肆。

那时我还不认识他，这位
住在我每一段时日隔壁的邻居。
我甚至从没注意到过，与生活
一墙之隔的地方还有这样一个房间存在着。

如今我仍未同他交谈。
但有一些奥秘我已经在领受，当
风吹来，汇聚着街巷里跑动的野猫、
郊区的作坊、海面那昼夜燃烧的油田……
他翻动着，像一群预感到春天的候鸟。
一切，都在低语，都在对他说着：飞吧，
朝向那浩渺，飞。而他仍凝视在那
永恒的桌前，告诫着自己，
不，属于你的时候还没有来到。

**作者**

王子瓜，1994年生于江苏徐州，复旦大学中文系现当代文学专业2016级硕士研究生。复旦诗社第三十九任社长，曾获光华诗歌奖(2015)、重唱诗歌奖、樱花诗歌奖、邯郸诗歌奖，并曾入选参加"中国·星星大学生诗歌夏令营"。诗作、译作、评论散见于《诗刊》《星星诗刊》《诗林》《飞地》《上海文学》《上海文化》《复旦诗选》等刊物、合集。主编复旦"七号楼青年诗丛"，与诗人肖水、徐萧合编诗集《复旦诗选2016》。著有个人诗集《局内人》《往事的发条》《裁心机》。

**评鉴与感悟**

这首诗读来让人非常愉悦。衣服是身体的模仿与塑形，诗人把晾衣比喻为"一位寡言的邻居"是不能比这更贴切的"近譬喻"了。事实上，诗人、晾衣、书写是一种同构，在诗中这三者就像一束光打在三棱镜上。"湛蓝之中似乎有什么在陶醉、放肆"，诗人以自剖的眼光巧妙重构着自己的成长史、阅读史。生活并非唯一，当诗人意识到"与生活/一墙之隔的地方还有这样一个房间存在着"。这让人想到王小波的那句名言："一个人只拥有此生此世是不够的，还应该拥有诗意的世界"。显然，诗人找到了自己"诗意的世界"，诗人品性高逸的"邻居"。"一切，都在低语"，诗人欣喜并怀着谦虚之情领受着世界的奥秘，"工作而等待"（奥登语）。这或许是这首诗读来让人愉悦的原因。（洪文豪）

# 成 年

1995年　我见到的四张动物的脸　分别是
山羊的　老虎的　穿山甲的　孔雀的
我没有在一只动物的前面停下来
当自己爬行不动　它们也只是远远地注视着
看着我长大成人
拾起火柴　通过同胞的脸重新发现它们
那是在二十一年以后
山羊老虎居然在我的生日晚宴上纷纷探出头颅
缤纷的烛油淌泻于它们的泪痣
而穿山甲与孔雀
像受到鼓舞般也从人群里一一亮相
高举它们的爪子和羽毛
我从未如此靠近它们
这一天　天蓝得几乎要戳进窗口
代替自己许下心愿
我与动物们相拥在一块
腿的花色早已分辨不清

感觉背上已经长出了无法直视的犄角

《动物异志集》2018年4月出版

作者———

星芽，1995年生于皖南，2013年负笈宁波，同年习诗，现游学于北京。作品散见于《诗刊》《芒种》等期刊。曾获柔刚诗歌奖（校园奖），光华诗歌奖，元诗歌奖，极光诗歌奖新锐奖。出版诗集《动物异志集》。

评鉴与感悟———

动物作为诗歌史上备受青睐的形象，在古往今来不同语言的诗行之中奔跑、游弋或飞翔。青年诗人星芽纯真且充满想象力的目光也捕捉到了动物意象的神秘和灵动，她的诗集《动物异志集》便集结了她关于动物们的敏锐的诗思和诡谲的想象。在星芽的诗里，动物不仅仅是动物，它们超脱游离于现实，甚至已经超越了象征的意义：在她的笔下，动物的名字被赋予了形象以外的质地、气味、声音和温度，杂糅着神话、历史、哲学乃至地理与地质学，动物像是一面词语的镜子，折射着我们人性中的某一部分，以悖逆的创造力不断打开着新的美学空间。在《成年》这首诗中，动物形象与诗人主体之间构成了一种隐秘的关联，动物的特质与异质在身体与灵魂的深处慢慢生长。在诗的开篇，诗人提到了四种动物的名字：山羊、老虎、穿山甲、孔雀。它们隐匿在1995年，诗人生命的开端。它们的面目是模糊的，遥遥注视着"我"的成长，并在二十一年后"我"的生日晚宴上重现，彼此相拥在一块。"我"的身体也逐渐"动物化"，生出动物的花纹，长出动物的犄角。人们往往认为，成人的过程是灵魂中某种动物的因素的隐藏和收敛；星芽却反其道而行之，成年对于她而言是动物般自由、纯粹且奇妙的气质的迸发。在她精心构造的词语的坡道之上，思维的影子变得立体而饱满，而诗中那些现实生活并不常见的动物意象，恰恰正是她生活经验的真实镜像。（张媛媛）

# 雪中早晨（外一首）

/余怒

有人在皂荚树下，仰头看
树杈间的雪。静谧自上而下，
来自某种压力差。
我也有着诗人都有的那种迷茫，对于
无限，及其用以迷惑我们的不确定性。
想起多年前，同样的雪天，给一个
老朋友写信，描述早晨的景物。
看一会，写一句（在表述不清处
做记号）。早晨形成，被我们看到。


## 鸟儿斑斓

已知的鸟儿有上万种。按照
飞行路径为它们建立灵魂分类学。
树丛间的、河滩上的、光线
里的……五十岁之后我开始

44

接触这些不知有生有死的生命，像刚刚

离开一个被占领的国家，突然与人

相爱而站立不安。等等或看看。

拉近某个远处。聆听空中物。

从听觉那孔儿，探入那宇宙。

选自"我爱新诗"微信公众号（2018年1月）

作者 —— 余怒，1966年12月出生，祖籍安徽桐城，现居安庆。著有诗集《守夜人》《余怒诗选集》《余怒短诗选》《枝叶》《余怒吴橘诗合集》《现象研究》《饥饿之年》《个人史》《主与客》和长篇小说《恍惚公园》。

评鉴与感悟 —— 这是两首以语言的有限来传达意的无限的诗，读来十分隽永。其平缓、克制的语调，让人隐约感受到某种来自神秘的吸引，使读者在这种诗歌节奏的包裹下，一步步向前。我们可以看到，《雪中早晨》以白描为基，从看雪中的皂荚树，到内省自身，再到过去发生的事，之间的转换干净利落，诗意也由其间的张力传达出来。并且，借助不同时空在此刻的交汇、碰撞，作者把其思想探入到了更幽微的领域：在表达中，"早晨形成，被我们看到"。在《鸟儿斑斓》中，作者也展现出了同样高度的诗艺。由年龄差到心灵差，进而观照到更宏大的国家层面，以这寥寥数语把不幸与幸紧紧联系在一起，没有多余，同时又展现出了玄思的可能。这是两首不可多得的佳作。（付邦）

# 野　马

/张媛媛

足下，软糯的云正被吹散成飘絮
如你所见，那些痒钻进了我的毛孔

生成新的敏感带。我并非故意露出
破绽，濡湿的深处已滋长太多谎言

你不需辩解什么，指甲里残留的宿垢
是河岸使我深陷的泥沼。在那里

春天曾私淑于我柳的姿态，
在薄冰上留下甜腻的鞭痕。

最后的玻片也消融了。自然的显微镜下
我们比野马更接近尘埃的形状
你从远方归来，带来气象的变化

而我欲御风，复长啸，使宇宙动荡。

选自《特区文学》2018年第3期

作者 —— 张媛媛，1995年生，内蒙古通辽人，蒙古族，中央民族大学中国现当代文学专业2017级硕士研究生。

评鉴与感悟 —— 作为情以物迁、触物起情的"兴"，一直占据着诗歌写作方式的枢纽地位和头把交椅。在先秦时期的劳动实践中，先民在内心韵律和自然节奏的内外呼应中，吟唱着歌颂自然的质朴诗篇；在动乱的魏晋时期，诗人承续汉代以阴阳五行为架构的天人感应论，立足于时间易逝和生命短暂的体验，在生命的情本体层面与自然万物交相感应，抒发着深沉的生命悲哀；再到新诗草创时期，胡适等诗人见茫茫空中飘飞的蝴蝶而兴发飘零之叹，尝试让诗歌与自然的关系开启新的航程。随着千百年来的时事变迁，"兴"的尺寸和面相，也被不断地升级换代，变得更加精致化和复杂化，以便表达现代人复杂精微的经验。张媛媛的《野马》，化用庄子的寓言，在"生物之以息相吹"的气类感应中，达到人与自然共相感奋激荡的状态。而更具现代意味的是，她的"触物起情"的感兴，进入到更加细微深邃的层次——如"毛孔""指甲"等身体敏感地带，以及"痒""濡湿"等细微的身体感受，在深层次的交相共感状态中，诗人内部自如流转的气息与外部的自然气息相贯通。在其中，怡红快绿的春天气息、女性身体如"柳的姿态"的柔气与"欲御风、复长啸"的豪气糅合在一起，细微的身心气息与宏大的自然之气混融为一体。经此铺垫，诗中描绘的在"至大无外"和"至小无类"的形体之间的幻化的"野马"，其实是"肌肤若冰雪，乘飞龙，而游乎四海之外"的藐姑射山神所象征的形神兼备的逍遥健全之美。（万冲）

# 我身上的海(外一首)

/朱朱

那片海没有出路,浪
从层叠的沟壑间撕开豁口,
转瞬即至,扑向这一处岬角;
来,就是为了撞击礁岩,
以千万道闪电在一个词语上纵深,
留下钻孔,升到半空,蒸汽般
撒落海盆,变成烟花的残屑
藻草的流苏,变成无数只帐篷
搭建半秒钟的营地,突然间受余力
推动,又绷成一道应急的脊梁,
为了让下一排浪跃得更高,来了!
如此黏稠的穿越,以血卷曲刀刃,
以犁拉直瀑布,裹挟着风
再一次攀登,是的,只有撞击过
才满足,只有粉碎了才折返,
从不真的要一块土地,一个名字,
一座岸——虽已不能经常地听见

身上的海，但我知道它还在。


## 那天我被布罗茨基打击……

那天布罗茨基打击我——
这个人，死亡令他变得完整，
就像铁砧将轰响的喷泉
锻打成一株古铜色的植物，
他全部的流动有了边缘，
就连那些芜杂的枝影
也开始变得确凿、清晰，
恍若古希腊大理石上的碑铭。

传言说他傲慢如暴君，但
雄辩的空寂赠与他的文字
以我们阅读时的虔信，因为
每一行都已经成为遗嘱，伴随
喷泉关闭时那一声金丝雀般的颤音，
那湿漉漉的环形底座，就像
守护他一生的抑扬格家园——
如今他变成了潟湖躺在海边。

选自《钟山》2017年第6期


作者 —— 朱朱：诗人、艺术评论家兼策展人。1969年生于江苏扬州，1991年毕业于华东政法学院。曾获安高（Anne Kao）诗歌奖、CCAA中国当代艺术奖评论奖、胡适诗歌奖。著有诗集《驶向另一颗星球》《枯草上的盐》《青烟》《皮箱》《故事》《五大道的冬天》等，另有散文集《晕眩》《空城记》、艺术评论集《灰色的狂欢节——2000年以来的中国当代艺术》《"一幅画的诞生"》。英文版诗集《野长城》刚由美国Phoneme Media出版社出版。其诗深情而敏感，其人博学而沉思，为当代新生派诗人之中坚。

水与盐。我们的身体与大海成分相同，这是造物主隐而不宣的秘密。诗人朱朱"冒神明之不韪"，用诗歌揭示着身体与海之间的隐秘的关联。《我身上的海》可以被看作是一首"元诗"，"海"便是诗人的灵感、对诗歌的某种执念或诗学的志趣与理想。朱朱的语言如坚韧而汹涌的海水，不断淹没并不存在的瞬息之岸、撞击想象与真实的礁石。潮汐之间，诗意与诗艺涌起又沉落，不断跃起新的灵感，跌落又抛出新的闪电，潜入词语的纵深之处。在黏稠的穿越之中，那片海没有了出路，也渐渐隐去了声音，但诗人知道，身上的海，它还在。

如果说《我身上的海》指向的是书写的经验，那么《那天我被布罗茨基打击……》一诗则重现着阅读的时刻。在虔信的阅读之中，朱朱仿佛剥开了时空隧道中芜杂的枝影，擦去历史之窗上蒙蒙的雾气，书页上的文字呈现出的模糊的影子因而变得确凿、清晰，"恍若古希腊大理石上的碑铭"，未被时间打磨失真。布罗茨基的形象在朱朱的诗歌中变得分明，"死亡令他变得完整"，关于他的传言和他的遗留下来得文字勾勒出一个可以触摸的轮廓。而"雄辩的空寂赠与他的文字/以我们阅读时的虔信，因为/每一行都已经成为遗嘱"。死亡圆满了他未竟的事业，仿佛他的生命本身也是诗和艺术的一部分。对同为诗人的朱朱而言，这死亡的谶语使他迷惘，也使他深受打击。为此，他轻轻流淌的文字，有如"万物之间的风筝全都断了线"（朱朱：《五大道的冬天》）。（张媛媛）

造物的光芒

# 武陵源

/陈东东

导游遥指突围至云上的沉积岩老拳
"像不像当年的斗争形势?" 经这么
一问，观光客全都举起了手机
还有人拿出借来的小长焦，还有人
追忆，插队落户时半夜开大会，曾见
天翻，彗星袭来握紧亿万年前的老拳

它也像狮子头菜底上显摆……它也像
龟头……翘起在断碑跟荷花池之间
爱美食，也爱往昔，尤其爱找回
小时候味道的环球旅行者脑筋急转弯
谁不会想到，它看着还像一轮黑太阳
而"黄色更可怕"①（流放的诗人说）

而更多红色羼入风景，成为提示观看的

①奥西普·曼德尔施塔姆《黑太阳》（1916）。

53

视角。蒸笼天里，峥嵘岁月会呈现一种
怎样的真容？——豪华大巴载你去瞻仰
新修的故居，标语醒目："此资源已得到
开发利用。"玻璃大桥则开发利用了万丈
深渊；玻璃栈道，却要让恐高症止步于

揎掇你纵身一跃的陡趔；要不了两分钟
花费上亿的百龙天梯，就把你眼界从张
家界升级，境界一举一览天下小，去张
大千界，去向往神界，高寒，用冰清
净洗，大汗淋漓间黏缠的此界——此地
此际……大小很可能仿佛石头老拳的

山之心，会让你感受剧烈的搏动……崖壁
遭撞击，遭华榛和金钱松抽打；夕光配合
西风，映照又吹息，澧水或溇水，能保证
精神血液的流量吗？五星级酒店的一扇
旋转门会把你收回；群峰巅顶，冷月之镰
（乘着缆车以及升降机）把一切都收割

选自"见山诗"微信公众号（2018年6月）

作者——

陈东东，1961年出生于上海，祖籍江苏吴江。1980年代初在上海师范大学中文系读书期间开始写诗，专事写作。他是20世纪80年代以来中国当代诗歌的一位代表性诗人，也是当代诗歌生活的重要参与者。出版的主要作品有诗集《夏之书·解禁书》《导游图》；诗文集《短篇·流水》；随笔集《黑镜子》《只言片语来自写作》等。

某种程度上，这首诗可以看作是对流行的旅游价值的一次消解。诗人擅于巧妙地选择词语，使句子得出一种反讽效果。比如，"导游遥指突围至云上的沉积岩老拳"一句对某个经典战斗姿态的戏拟；"小时候味道的环球旅行者"戳准了一些旅游者的虚假乡愁，"精神血液的流量"则把无形的信仰量化以揭示旅游精神的自欺本质。甚至，诗人通过像"蒸笼天里，峥嵘岁月会呈现一种/怎样的真容?"这样"蒸笼—峥嵘—真容"的连续押韵，或许模仿了流行文艺的样貌（革命歌曲或其当代变种）。这是一首以旅游经验为基的诗歌，全诗从一开始的反讽语调贯穿至终，显示了诗人结构性处理经验的能力。我们会发现，诗人通过这样一种质疑的视角，把旅游中的庸俗和陈腔转化为饶有趣味的批判激情。（马贵）

# 读荆浩《匡庐图》

/陈律

或许，描绘遥远处巨大的真山
必须始于泊在最低处的一叶舟。
靠岸的它，快系住
一棵熟悉的矮小枯树，
赤脚舟子就要来到平地，
拎着鲜鱼，几步回到老松下的家。
茅屋门口，更辛劳的妻子正低头做活。
选择这一细微场景
作为远望真山的奠基是合适的。
因为水，浩瀚、寒冷的水总在低处，
衬托出蜿蜒、前突，
被磨损却更厚实的高岸。
这高岸，决定山之走势，
以水光一路敞开山的轮廓，
让行者在晕眩时，觉得真山才是真水。

与独木桥上赶驴的商旅相反，

某一时辰，你离家前往高处。

家就在岸边山坳。

几棵树，岸边的尤壮，三三两两，

伞般遮护着它。

齐人高的篱笆修剪整齐，

刚掩上的柴扉正对一条山中路。

这路呵，其实柔和、平缓，

只渐渐升高。

因为此冈峦非遥远的真山，是在人境。

是舟、岸、山庄之后的第四叠。

一道豁口、一条路，是宽厚冈峦的牝门。

幽曲牝门，这路，指引孤单行者。

呵，黑暗的清新之气，

漫长、时隐时现的瀑布，

行者禁不住畅饮！那是在春、夏、秋！

而在牝门最宽处，

有乔松几棵对峙两岸，景色中最高大！

提升了那敬爱真山，

女性般微胖、欹侧的冈峦！

路，引领行者来到冈峦最高处——

一更寂静、高贵的山庄。

呵，只能从山庄来到山庄，从家来到家，

这就是人境，就是人间路！

而人间路总有尽头！

冈峦另侧险峻莫测的绵延，

它呵，无力到达。

但人间路必定通往无为路，

唯路尽头无为路才出现！

而一开始，人间路就来到路尽头！

沿着芳草、黑暗的女性之路，

行者疲惫时，

觉到此路对真山的皈依。

呵，立在尽头，自知来到边界，

从另侧吹来的风

让他感到那里或有一个开阔，

比水更低的凹处。

呵，凹处即荒野！

其中或许立着石碑，活着奇兽。

然而，这是谁的石碑，又是谁的奇兽，

居然存在此地，永恒地拨开野草

这又是谁的奇兽，谁的石碑，

让登高的行者望不见

那是仙界！仙界只在荒野中！

那是巨大的震撼了全部时空的真山！

那是真山唯一一次呈现全部！

这垂直的缓缓上升的圆呵，

一层层，寂静爆炸着！

告知天地何谓全景，

告知全景其实远远大于天地！

告知后来者不可能再见到

这全貌中的全貌！

这全部的质量、体积

有着大于全部的爱和暴力！

呵，这神仙才能目睹的"一"，

真正的自转！

如此中心遍布的恒定，

如此唯一的中心，

才是阴阳根本，

满溢时才生"二"！

满是圆与圆碰撞！

它就是洞府！就是森严、青郁的中锋！

真气周游、弥漫之所呵，更有松群赞颂，

吞吐云霞，在山坳、山腰、山巅，

纯阳地巡逻！

所以，并非只在晨昏、午时

才能见到金光，并非！

即便千里外的行者醉酒后才隐觉。

仰视吧，闭上眼睛；

用心吧，

用上宇宙全部不测、有限的阴阳，

或许，只在某个彻底忘记回家的时刻，

你才有幸被这原型灭绝！

选自"艾茜"微信公众号（2017年10月）

作者 —— 陈律，1969年生于杭州，1989年开始写诗，现居杭州。本诗为五代、北宋古画十四首组诗中一首。

评鉴与感悟 —— 正如"描绘遥远处巨大的真山/必须始于泊在最低处的一叶舟"，当我们以时间艺术的诗去领会空间艺术的画，以现代人的眼光去领悟古人的伟大作品，一个比较机智的办法是"四两拨千斤"：抓住细微事物（一叶舟）而迅速顿悟总体境界（真山）的神韵。所以，如果这首诗在第一小节就结束，也会是一首完满的好诗。这样的话，轻与重、大与小、山与水、形而上（真山）与形而下（山中夫妻的日常生活）的辩证，就既是《匡庐图》的结构，也是《读荆浩〈匡庐图〉》的结构，还是中国传统哲思的体现，读者亦会觉得意味深长。然而诗人的志向不止于此，"组诗"的形式表明，在"轻逸"与"厚重"两种同样具有价值的风格类型里，诗人选择了后者。一个作品之所以呈现某种风格，往往不是创作者有意为之，而是不得不为之。创作者会觉得，我只有以这种形式去书写，这首诗才算是真正完成。因此，在经过第一节的奠基之后，诗人以近乎五倍的量去书写余下的内容（这大与小的比例结构似乎也对应着《匡庐图》的结构）。诗人将注意力放在一条"山中路"上，这是一条独特而富有寓意的路。它虽然"柔和、平缓"，但它的方向永远都是向"高"处的。诗人称它为"牝门"，因为它指引孤独者通往某种超越的境界，通往"最高处"。然而，经历了季节更迭，经历了甘苦之后，这"最高处"依然是"山庄"！这个落差再次告诉我们，我们总以为山的那边是另一个世界，可实际上山外还是山！这是一个关键而危险的时刻。对于荆浩，对于陈律，对于观画读诗的我们来说，都是如此。这就好比一个修禅的和尚或者一个习武的剑客，当他自以为达到至高境界时，他所看到的不过是"小雷音寺"般的陷阱。幸运的是，我们在画家和诗人的指引下，看到了"山庄"与"山庄"的不同，看到了"最高处"之外还有"最高处"，看到"人间路"与"无为路"的辩证统一。当我们跨过这个最危险的陷阱，我们才真正顿悟。这时，一种虽然无法到达的宽阔境界被我们体验到，那是"真山唯——一次呈现全部"。诗人的体验是"震撼"的，甚至说：有幸被这原型灭绝！（这让我联想到里尔克的诗句："他那超凡的生命/也会把我熔化。因为美无非是/我们恰好能承受的恐惧的开端"。）诗人不断抛来"惊叹号"，仿佛要以最迅疾的速度抓住这宇宙本源的"一"。诗中最后的体验无疑是"大"的，可太大的东西就会陷入"空"，太"高"的神秘也会让我们丢掉自身的存在。就像韩国导演李沧东《密阳》的开头镜头与结尾镜头表达的那样，也许我们的目光应该从上帝居住的天空收回，而望向大地，哪怕这土地上只不过是一个阳光照耀的脏兮兮的小泥洼。所以这句诗特别重要："仙界只在荒野中！"这仙界与荒野的辩证让我相信，诗人在体验至高存在的时候，依旧给脚下的土地留有了应有的重要地位，并且会带着全新的身心回到这片土地之上。进入一首篇幅较长的诗并不容易，想到初读此诗时的抗拒与此刻对此诗的领会二者间竟有如此巨大的差距，我就不得不再次警醒自己，身为读者，要对作品有基本的耐心，对作者有基本的信任。（张嘉珮）

# 咏物诗(外一首)

/陈让

无序，却别有造型，
这蓄水塔下堆积的木板。
抽走其中一些，或者重置，
都不会破坏应然的
它们的独特。它们内在
呈现时间的美。外在
接受事物的联系，例如春日多雨，
夏日炎炎，气在空中移动，
茫茫然，又为人所知。
每一块木板的颜色
有和谐的不一致。它们的声音
开始是发芽的声音，后来
落叶的声音，之间
汲取养分的嫩绿声音。
为此，我愿意再次写下：
自然的颤音实则一种和谐。
我们的生活，同样对应巨大的颤音。

令人奇异。更奇异的是
六岁的小侄女和外甥，叫我木，
请求骑木马和堆积木。
仿佛我的幼年，先生算过五行缺木。
如今我有一个木本的名字，
置身人行道，心有自然的和谐。


## 自　然

林中枝条向阳，
晨光为它们阻挠
但依旧照射。
光线夹杂碎影，
寂静世界看上去，雾
模糊而散淡，
有风吹来它就动一动，
这移动缓慢且持久。
而雨后阔叶上的露珠
（它通体剔透，
可能慢慢渗入绿色叶脉，
也可能掉落无影踪）
虽有斑斓光彩
却构成浮华。
伸入林边溪水的枝条
被光折断又不随溪水流逝，
流逝的倒是这光线。
湿漉漉地闪现于
供垂钓的水面，
陆上景象隐约重见。

如果有什么正在偏移，

那是自然。

选自"我爱新诗"微信公众号（2018年9月）

作者 ——

陈让（1982—2012），原名陈大樟，福建连江人，福建省作家协会会员。2004年7月毕业于上海师范大学外语系，8月经选拔进入福建省文学院工作，是福建省较为活跃、有代表性的80后青年诗人、青年小说家之一。其作品散见于《中华文学选刊》《儿童文学》《中国青年》《诗选刊》《诗歌月刊》《诗林》《福建文学》《南方都市报》等报刊，入选《福建文艺创作60年选》《海峡两岸诗人诗选》等选本。有电子诗集《白平衡》《未展芭蕉》二种。

评鉴与感悟 ——

陈让的诗歌与诗观让我第一眼就感到亲近。他说："不知道为什么，我天生就是一个恋物癖者。关心植物的生长、岛屿的分布、气候的瞬息状态，身边之物让我亲近，而离我远的事物使我好奇。"（《陈让诗文集·恋物癖者》）不仅仅是自然界，他对人造物也充满兴趣："器具的生产和制造本身就是一门艺术，除了单纯的物用，更是对我们自身存在的参照。在口舌与调羹、盛器的亲近中，我感受这存在的乐趣，以此对抗并抵消生活的无趣与寡味。"（同上）带着这样的眼光，让我们走进这首《咏物诗》。诗人究竟在"咏"什么"物"？不过是"蓄水塔下堆积的木板"！它不是古人常用以托物言志的"梅兰竹菊荷柳蝉"，不是卞之琳那充满幻想而囊括万象的"圆宝盒"，不是昌耀那象征多重精神力量的"紫金冠"，不是济慈那真而美美而真的"希腊古瓮"——不过是"蓄水塔下堆积的木板"！这让我想起东郭子问"道"的典故，东郭子问：道在何处？庄子答：在蝼蚁，在稊稗，在瓦甓，在屎溺。难道诗意之美就在几片破木板中吗？是的，正在其中。这些木板首先体现为一种"和谐的不一致"，它们"无序，却别有造型"。这悖论式的语言似乎让我们想到艺术之美，难道艺术尤其是古典艺术不就在强调差异与和谐的辩证吗？然而诗人又说："抽走其中一些，或者重置，/都不会破坏应然的/它们的独特"。这几句话让我醒悟，"木板"体现的不是艺术之美，因为艺术的规律可以容忍维纳斯断臂，但是绝不会容忍把维纳斯肢解后组装成支离疏。尽管现代艺术教会我们欣赏支离疏的眼光，但支离疏终究不再是维纳斯，它们是完全不同的两种艺术。而"木板"却不是这样，"抽走"或者"重置"，都不会破坏这些"木板"的"应然"。在"木板"这里，偶然与必然，实然与应然，通通得以统一：如果说木板只是偶然地被放置成这样，它就必然地应该是这样；即便再次偶然地改变它的实然，它也必然地应该如此。所以，"木板"体现的其实是物的自在。但这与海德格尔笔下高深莫测的"农鞋"又不一样，诗人说："在我的视野里，这些事物本身不承载什么意义，它既不深刻也不肤浅，只是一种自然而然的存在"（同上）。在我看来，这"自然而然的存在"其实就是"生命"，并且是"自在的生命"。这些"木板"自在得就像一棵树一样。与艺术不同，即便是最伟大的艺术品，如果任由愚蠢之徒将其形式随意打乱，它还会是伟大的艺术品吗？然而生命的自然更替却不会损害反而会彰显生命的存在。难道一棵树有一千片叶子是树，有九百片叶子就不是树了吗？难道它叶子绿的时候是树，叶子发黄就不是树吗？难道它开花时是树，结了果子就不是树吗？即便树被砍伐，被焚烧，树桩的年轮，飞扬的灰烬，依旧绽放着最后的生命之美。事实上，死亡并不是生命的反面，而是生命的最后一个形式，它所显现的不是绝望的寂灭，而依然是生命之光。总之，无论如何变化，树永远自然而然就是树，生命永远自然而然就是生命。这些木板，在它们抛掉自身的使用价值以后，在它们随意堆积于蓄水塔下时，它们就变成树，成为一种自在的生命。但诗人并非意在表达某种观念，而是把笔墨集中在"自在生命"的呈现上：

"它们内在

呈现时间的美。外在

接受事物的联系，例如春日多雨，

夏日炎炎，气在空中移动，

茫茫然，又为人所知。

每一块木板的颜色

有和谐的不一致。它们的声音

开始是发芽的声音，后来

落叶的声音，之间

汲取养分的嫩绿声音。

为此，我愿意再次写下：

自然的颤音实则一种和谐。"

什么是生命？生命在时间中舒展并消亡。当诗人听到"发芽的声音""落叶的声音""汲取养分的嫩绿声音"时，他是在聆听一棵树。生命绝不是孤立的，生命与生命之间存在或显或隐的对话与呼应。当春、夏、秋、冬中风、霜、雨、雪与"木板"发生各种各样的故事时，它们把"木板"与树等同为生命。而自然是最大的生命。"自然的颤音"正是通过生命和谐的舒展和呼应呈现。那么人呢？不管我们的眼光望向何处，我们永远不该遗忘自身作为人的存在。身为"三才"之一的人，无疑也是可贵的生命。然而，我们最好勇敢地抛掉"三才"之一的伟大名号，而是像诗人那样，变成一棵树："六岁的小侄女和外甥，叫我木……如今我有一个木本的名字（陈让本名陈大樟）。"诗人顾城也说过："你怎么会以为我是人呢？"因为他认为自己有时跟法布尔笔下的昆虫是一类（见《顾城哲思录》）。只有既是人又是树，我们才能抛掉外在形式融入那最大的生命——自然，才可以听到"自然/生活的巨大颤音"，才能虽然"置身人行道"，心中却有"自然的和谐"。"和谐"一词非常重要，在《咏物诗》中，诗人在对自在生命呈现之后，他把这生命特质归为"和谐"，并且要努力在人世里追求这种和谐。尽管在现代观念里，"和谐"一词备受质疑，它显得略微幼稚而虚幻。但是对陈让来说，"和谐"体现为宁静而积极的生命力量。当自在的生命，当生命自身或生命之间的和谐呈现在我们面前时：首先，我们要感受到生命的存在；其次，我们要"爱"上这生命。这实在不是一个简单的小问题。想想吧，在浮躁功利的大环境中，我们对自身生命的感知如何在不同程度被不同把戏压抑着，欺哄着。这诗以及这"自然的和谐"，实在是对沉睡着的生命的一次唤醒!

陈让的《自然》是《咏物诗》的姊妹篇，它直接呼应《咏物诗》中的"自然"一词，也是对"自然的颤音"——"和谐"的又一次精准呈现。无须赘言，读者自可从此诗中读出和谐自然中万物的联系与呼应。陈让的眼光是独特的，他知道，一般人看得见的自然往往在浩瀚磅礴的名山大川之中，所以他偏要展现那不容易看得见的自然。他在枝条，晨光，雾，风，雨，阔叶，露珠，溪水，倒影等等组成的"寂静世界"里，幸运地瞥到了自然的本体：那是"正在偏移"的自然，而"这移动缓慢且持久"。自然的真身永远不会轻易出现在磅礴的景象里，那只是它玩弄世人的一个幻象。它的真正所在，是那寂静中的微微一动。

有些诗可以看出诗人的学识和技艺，而有些诗可以窥探到诗人的灵魂。这些诗与诗人的心灵直接相关，它并不一定是主观性极强的作品，但它一定隐秘地揭示着诗人的创作本源，是诗人所有作品背后的那首诗。《咏物诗》和《自然》就是这样的作品。陈让描述顾城的话同样也适用于他自己："纯粹是一种简单并超越简单而存在的。达到纯粹，这要求一个热爱万物的人，他能保持一颗敏感的心，身在其中又在其外，从而在繁杂的物象中把握物的本体。"（见《陈让诗文集·答茨木问》）

诗人陈让去往神秘之地已有七年之久，在此，就让我们用他的诗句来怀念他吧："至于逝者，愿他们安息/于常青树的树荫下，亲近大地。"（《哀悼日》）（张嘉珮）

# 垛楷[①]

/杜绿绿

**1**

追究三月的冷风，细问它是怎样

吹过哀牢山东的双柏县。

空中的垛楷树盛大荣耀，"开出日月花，结出星云果"[②]。

可我们，谨慎言之仅仅是我，史诗以外从未找到你。

诗行中为同行人的沉默选择观念

正不可避免伤害各种无法完成的诗句。

怀疑的风，

吹动不崇拜虎的我但不是左右。

芍药与高山栲啪嗒啪嗒敲打着风在老虎笙中，

镜头里的毕摩挥起长杆，追逐他脚下的阴影

我有些想放弃顽固的探索。

比如表演广场后面，这座禁止女人踏足的山，

我站在边缘眺望，上面除了有些深绿的野草

---

①垛楷，彝族传说中长在天空里的一棵树，出自《查姆》。

②"开出日月花，结出星云果"出自《查姆》。

还有些浅黄、金黄、灰黄的野草。

为什么要凝视它呢？

你，世间的垛楮树并不在其中。而"风在山中"[①]。


**2**

这棵根深叶茂、深入四方的树异常迷人，

每一段有关垛楮的描述，都像是先人

留给后世的谜语。那时没有天，没有地，

现在都有了。明晰的季节，强光在水面回放

独眼人、直眼人与横眼人的时代。

我是否正处在这第三代人的进化中，或者是

被抛弃的一个？乌云滚动着从远处覆盖过来，

我无能为力。我很冷，

山顶的这段路正经受阳光的切割。

褪去色彩的草地，往上是成片马樱花

往下的小路我独自去察看，

所有秘密快要揭穿，骤然下降的一个坡底。


**3**

他说迟两个月来，是最好了。

我看着那些未复活的花在他漆黑的脸后

不断向上生长，柔嫩的茎呈现透明状

在空中尽情旋转，像一群失业的舞女重新回到了

剧院帷幕后。她们拉开幕布偷窥观众是否坐下

数数卖不出去的座位，将彼此捆绑，

种在这片土地上；她们一曲未完不见了，

他拿出手机

给我看两个月后的这里。

---

① "风在山中"语出双柏副县长宋轶鹏。

最好的一片景致。这位年轻好看的村委书记，
请留步，你知道那棵，让所有鲜花失去色彩的垛楮
在哪里吗？


**4**

公塔伯①推动这一天又要过去了。
地下折射出无数的光
这棵想象中的树，傲立于此间
持久为我低语诸事的起源。我还是个孩子时，
一个民族流传的故事
或隐秘的暗语会像深埋的铁矿一样打开，
它们在口语的扩散下多么神奇，
像我们夜宿的安龙堡，黑夜里发出
呼啸的风声与哭泣声。白日我曾踩住倒下的圆木
攀上弃用的土掌房，我在屋顶被莫名其妙的力量
推得摇摇晃晃，垛楮便在空中看着
它时而竖起，时而横卧
似乎对我的好奇表示更大的好奇。
它很快浮向更高的空中，枝叶呼啦啦扇起大风，
它在风中越来越远时，当然令我生出崇拜之心。


**5**

那神圣的火苗是狂欢。
晚饭时我去找厕所，
离开青松铺地的桌边，要走过干冷的枯草地
不算远的一截路，有位彝族女孩为我照亮
她手心的火突然熄灭后，那边更黑的地方
沉寂的树林，垛楮理所当然

---

① 彝族世代所崇拜的三个神虎名叫"塔伯"。

69

来到我模糊的视野里。我的视力比白天时更弱了，

可是这垛槠却异常清晰，

每一片叶子上脉络的走向都在引我屏息静声。

"你看……"

我扯住等我的女孩，伸出手

一根根树枝在我的手心燃烧。她惊异于这件事，

远处的垛槠冷静地退后

它令这万物生万物长，我们活我们可能的死亡

竟从不使它动容。一种残忍的俯视。

那晚后来，我点燃了木柴堆起的篝火。


**6**

我没有宿在绿汁江边，我住在毕摩庇护的镇上。

我太累了，下午错过了去见他

没有人提醒我见毕摩的时候可以问什么，

我也不打算请教垛槠去了哪儿？旅程快要结束，

垛槠再也不曾出现。我看不见它了。

过去我也突然失去过很多东西，情感、能力、运气

实际上我可以失去的东西很有限，

我还是活着，那些远离我的一切像个迟到的预言

尴尬地补充事件的进展。我并不盼望它们回来，

我珍惜身上从不离开的这些，我的遗忘。


**7**

我在爱尼山脚发现三只黑色的虎，

它们正在饮水和跳跃；可能的观望

来自我对它们的探寻，这几只虎的爪子

落在溪流边簇拥的石头上；

雄健的身体陷入黄褐色的山景中。来这儿的路上，

高大杂生的草木打动了我，我按下车窗

让风席卷起山路上四散的黄土扑向我；

我的眼睛，有些酸痛

这几天我不断点眼药水，希望更准确地看清垛楮。

它像是久未发生的一个梦境，

我得到一把垛楮种打算播撒，

三只虚拟的黑虎轻轻咬开坚硬的种子

又埋进土里。它们是光，

是地上和山上的神，我的安慰。

选自中国诗歌网 2017 年 11 月 2 日

作者
————

杜绿绿，原名杜凌云，1979 年 8 月生于安徽合肥，现居广州。2004 年末开始写诗。著有诗集《近似》《冒险岛》《她没遇见棕色的马》《我们来谈谈合适的火苗》。曾获珠江国际诗歌节青年诗人奖，《十月》诗歌奖。

评鉴与感悟
————

华兹华斯在《抒情歌谣集》序言中谈及诗人与自然之关系，他以为人与自然根本互相适应，人的心灵能映照出自然界中最美最有趣味的东西。因此，诗人被她在全部探索过程中的这种快感所激发，他和普遍的自然交谈着，怀着一种喜爱。诗人杜绿绿的这首《垛楮》便是一首"自然"与"肉身"交织的抒情歌谣，她以女性诗人特有的敏感的捕捉力，不断向双柏这个神秘的地方追问、探寻，所见所思之景使得这首长诗附上了民间神话的气质。"它像是久未发生的一个梦境"，通读全诗，仿佛走进彝族世代生息的那个神秘梦境。我想，大概只有极尽热忱与深情的作品，才能动之以情，给予读者这种幻境之感。（李娜）

# 秋　分

/付邦

一年中月亮最圆的节令前
秋天开始与自己分离
像飞入太空的节级火箭，在电视里
像我们一起吃一个杏子
在过去的某些日子里

清晨的门虚掩着。眼睛敞开
笔与纸之间，是呼吸
闭上眼睛，是整整一座公园

或走廊。当我们穿过被人群充塞的狭促通道
看见跳跃着粼光的湖，像一只舒缓的
火烈鸟。你伸长手臂，拍照，并问我

"怎么能这么蓝，北海
怎么能呢"

就是这样。布鲁斯乐手的季节
太阳高悬如没有时间的挂历——

又一个难得的蓝天，果实成熟
秋叶般的肺，坐进不透光的房间里

自你去国后，我只愿写诗
窗户都开作思念的形状

而彻夜的风，像被彻夜掀开的词和被子，终于
回到了
故乡

2018年9月23日
作者原创，未刊

作者 —— 付邦，1995年1月生于甘肃兰州，现为中央民族大学历史文化学院
2017级历史地理学硕士研究生。曾获第七届首都高校原创诗歌大赛一
等奖，作品散见于《诗刊》《诗林》《飞天》《散文诗》《朱贝骨诗
刊》等。

评鉴与感悟 —— 这是一首纯净而透明的诗。然而，正如欣赏一块晶莹剔透的水晶一
样，我们并不能一眼就看穿它全部的美，依旧需要反复从头欣赏至
尾。结尾不是"故乡"，而是一个日期："2018年9月23日"。这天正
是秋分，而"9月24日"正是中秋节。于是便有了开头——"一年中
月亮最圆的节令前／秋天开始与自己分离"。当"秋分"因为一个

73

"分"字给予作者联想，它就不再仅仅是一个节气，而是秋天与自己分离的时刻，同时也是标题两个字（好似两个人？）在诗句中的分离，一个字（秋）在句首，一个字（分）在句尾。多么无可奈何——秋分在中秋之前，离别在团圆之前。在接下来的几节里，这个分离展开的过程就像诗中北海的蓝天那样，浪漫而梦幻。过往的记忆，生活的细节，难忘的话语，感动的瞬间，奇妙的幻想，全都流畅而圆润地融合起来。直到最后两节，我们终于确信：诗中所有分离的本源，其实是诗人与其爱恋对象的分离。可贵的是，诗作最后的"思念"体验不是痛苦或忧伤的，而是宁静和满足的。因为这"思念"发生在写作与睡眠的夜晚，更根本的原因是：分离的双方拥有真挚而坚韧的感情。因此，思念不是一种病，而是召唤，是让缺席转化为在场的魔法，正如风吹进窗户回到故乡一样，当我思念你，你就会在我身旁。

（张嘉珮）

# 卵 石
——那是关于黑暗的

/胡弦

另一个版本：一种有无限耐心的恶，
在音乐里经营它的集中营：
当流水温柔的舔舐
如同戴手套的刽子手有教养的抚摸，
看住自己是如此困难。
你在不断失去，先是坚硬棱角，
接着是光洁、日渐顺从的躯体。
如同品味快感，如同
在对毁灭不紧不慢的玩味中已建立起
某种乐趣，滑过你
体表的喧响，一直在留意
你心底更深、更隐秘的东西。
直到你变得很小，被铺在公园的小径上，
经过的脚，像踩着密集的眼珠……
但没有谁深究你看见过什么。岁月
只静观，不说恐惧，也从不说出

万物需要视力的原因。

选自"无限事"微信公众号（2017年12月）

作者 —— 胡弦，现居南京，《扬子江诗刊》执行副主编。出版诗集《沙漏》《空楼梯》，散文集《菜蔬小语》《永远无法返乡的人》等。曾获《诗刊》《十月》《作品》《芳草》等杂志年度诗歌奖、闻一多诗歌奖、徐志摩诗歌奖、柔刚诗歌奖、腾讯书院文学奖、花地文学榜年度诗人奖等。

评鉴与感悟 —— 写物，但又不仅仅是写物，这是胡弦在他的一些咏物诗里所使用的"小心机"。在这一类型的诗里，胡弦已找到了撬动言说的支点；但这种轻快的获得，并没有妨碍他对事物以及与事物有关的一切进行深度的挖掘。卵石，或是对人的隐喻，或是对和人一样的、充满被动和矛盾的某种存在状态的隐喻。而诗人本身，也出没于本体和喻体之间——胡弦清楚自己在写什么，他保持着在场的状态。对于不断失去的棱角和逐渐顺从的躯体，诗人仍有着敏锐的感受。但他也知道，成为铺路石后，"没有谁深究你看见过什么"；我们的敌人不单是就存在于这个时代的外部力量，还有岁月本身。而岁月的"不说出"，既是亘古的真理，又是真正令人恐惧的空虚。（杨碧薇）

# 筷　子

/黄梵

筷子，始终记得林子目睹的山火
现在，它晒太阳都成了奢望
它只庆幸，不像铺轨的枕木
摆脱不了钉子冒充它骨头的野心

现在，它是我餐桌上的伶人
绷直修长的腿，踮起脚尖跳芭蕾——
只有盘子不会记错它的舞步
只有人，才用食物解释它的艺术

有无数次，它分开长腿
是想夹住灯下它自己的影子
想穿上灯光造的这双舞鞋
它用尽优雅，仍无法摆脱
天天托举食物的庸碌命运

我每次去西方，都会想念它

但我对它的爱，像对空碗一样空洞
我总用手指，逼它向食物屈服
它却认为，是我的手指
帮它按住了沉默那高贵的弦位

当火车用全部的骄傲，压着枕木
我想，枕木才是筷子的孪生兄弟
它们都用佛一样的沉默说：
来吧，我会永远宽恕你！

选自中国诗歌网2018年7月9日

**作者**

黄梵，1963年生，诗人、小说家。已出版《南京哀歌》《第十一诫》《等待青春消失》《女校先生》《浮色》等。获汉语双年度诗歌奖、作家金短篇小说奖、金陵文学奖、美国露斯基金会诗歌奖金等，作品被译成英语、德语、意大利语、希腊语、韩语、法语、日语、波斯语等文字。

**评鉴与感悟**

赋予筷子以生命、与筷子对话，除了是一种拟人修辞外，还表现了诗人对复活物的人格化特征的努力和对生活情景进行升华的偏好。也就是说，物不再是物，它经诗的赋形之后被"发明"为诗人与之谈话的对象，在黄梵这里，筷子指向了弱势、沉默和工具化的命运。但同时，诗人对筷子不仅仅是单向的塑造，在"我"与筷子之间，还有某种伦理性的交互："我总用手指，逼它向食物屈服/它却认为，是我的手指/帮它按住了沉默那高贵的弦位"。如此一来，"筷子"的生命呼吸和精神意志愈加显著，其表征的含义更加耐人寻味了，我们可以将其理解为诗人自我精神的分身、对沉默的社会性群体的遥指，或者某种形而上的召唤力量。（马贵）

# 与蜂群相遇

/蒋立波

在我们没有准备的一刹那，
蜂群像没有源头的飞瀑，在我们头顶倾泻而下。
辉煌的演奏，莫非需要从一个意外的乐句
开始讲述"本地的现实"？
但我知道，它们随时准备好了一枚
肉身里长出来的针——
蜜，往往需要从意外的一蜇找到
不可知的蜜源。这些针
将空气中激荡的涡旋穿成线，
刺向无边的虚空，
并缝缀起我们普遍的疲惫与破碎。
而我们显然还未准备好一只蜜罐，用于盛放
鸡爪槭一路赠送的惊叹号。
当蜂群开始俯冲，我们终于一个个蹲下来，
这无限接近祈祷的姿势，终于让一颗
吝于赞美的心品尝到微苦的甜。
或许我们都是木鸡，或呆头鹅？晕眩于

一个军团的加速和轰炸的密度；

正如燕子的病房，需要越剧和水袖的抚慰。

正午发烫的光线里，词语的肉身

在寻找一枚针；蜜的总和

在寻找组成它的一滴最小的蜜。

商业的腰带，显然还没有缚紧蜜蜂过于纤细的

腰肢。搭乘这一架架金色的直升机，

我们回到民国，魏晋。

回到一只倒扣的酒杯，以此绕过某种地域分歧，

以及高速公路上的一次迷航。

而当我们回过神来，蜂群已杳不可寻，

像一阵踩着滑轮的旋风，

不可能被怀疑论的手指所采摘。

选自"杭州作家"微信公众号（2017年11月）

作者 —— 蒋立波，杭州市作协会员，1967年7月出生于浙江嵊州里南乡西景山村。现居杭州富阳。著有诗集《折叠的月亮》《辅音钥匙》《帝国茶楼：蒋立波诗50首》。主编《越界与临在——江南新汉语诗歌12家》（与回地合编）。曾获第二十三届柔刚诗歌奖主奖、《诗词世界》2016年度诗人等奖项。

评鉴与感悟 —— 人群与蜂群相遇，蹲下躲避，之后蜂群飞走：这或许是诗人的亲身经历。尽管这经验算得上少见，但终究平淡无奇。然而，敏锐的诗人却把这普通的生活经验转化为一场充满感性的思想风暴。这是诗人应有的独特眼光，他们重新看见或者真正看见事物及其联系。当他写下："它们随时准备好了一枚/肉身里长出来的针——/蜜，往往需要从意

外的一蛰找到／不可知的蜜源。"生物学的逻辑开始退场，只是在潜意识中充当背景；诗意的逻辑登上舞台：蜜蜂，针刺，蜂蜜，这些事物开始变形，重新组合，获得新的意义。这究竟是怎样的蜂群？它突如其来如无源飞瀑，倏忽而去如无影旋风；它如庞大的管弦乐团彰显自身存在；它随时准备把针蛰往神秘所在，蛰出蜜源；它如金色直升机，载我们飞往另一个时代，另一种气质。解读可以是多元的，但我愿把蜂群理解为"诗"本身。"词语的肉身／在寻找一枚针"，这是许多诗人共有的体验：不是诗人找到诗，而是诗找到诗人；不是诗人创造诗，而是诗通过诗人自我完成。在这个过程中，"惊叹号"不断袭来，诗人拿着"蜜罐"应接不暇手足无措。而"诗"，用本诗中的一句话来描述再恰当不过了："蜜的总和／在寻找组成它的一滴最小的蜜。"这滴最小的蜜，集合了所有蜜的精华，它体积最小，质量却最大。诗，或许就是这最小的一滴蜜。它是微小的，但是有勇气和力量与商业，与时代，与虚无抗衡。而它对每个诗人又有着最个人化的意义，如对蒋立波而言，"诗首先是一种自我的救赎和治疗"（蒋立波语）。

这首诗当之无愧是"轻与重"完美结合的典范。轻，因为它以舒缓的语调持续不断地抛来动人的想象和隐喻，几乎句句有惊喜，不断以新鲜空气擦拭语言；重，因为它并没有溺于词语和修辞迷宫而流于空洞，而是以它的智性强度构筑起宽敞而坚实的思索空间。蒋立波的其他诗作，也都有此特点。无人能够给诗下一个完整的定义，然而单从文本角度（或者技巧角度，想想博尔赫斯的话吧，文学就是技巧）对诗进行一个尽管片面但是通俗质朴的理解，或许诗就是"有意味的形式"，就是"理性和感性的复合体"（当然，文本的结构又连接着诗人的心灵结构，从诗到诗人再到人，我们的终极目标应是对人和世界的理解）。在面貌多元而鱼目混珠的当代诗写作中，蒋立波的诗无疑具有榜样意义。（张嘉珮）

# 公 园

/雷武铃

每个人、每棵树都带着暗影
借着夜色，舒展他们的自我。
三种交谊舞在纪念碑下一起
旋转，暗光保护情感的自在。

我们呢，为林中空地的明亮
所惊，不知白云的亮度从何
而来，又被樟树的香气迷惑，
后来才看见广玉兰微白的花。

更多的热闹环绕湖水，路上
单身跑步的，遛狗的，边走
边聊的，摆摊的，和平共处。
面朝湖水的情侣，身影优美。

那被遗忘，被忽略，中断的
也因湖水荡漾而醒来。提琴

齐奏洪湖水呀浪打浪，对岸
人唱：绿岛的夜已这么深沉。

都被开阔的湖面吸收了，这
极舒展的声音，包括青蛙叫
钓鱼人。它们和低山的树影
刻画出天空那更高远的宁静。
我们呢，在跨岛的木拱桥上
猜夜色之谜。它抹去了时间
又刻画出命运。它就是现在，
天空下的舒卷、人世间一夜。

选自"飞地"微信公众号（2018年8月）

**作者**

雷武铃，出生于1968年12月，湖南临武人，北京大学外语学院文学
博士，现为河北大学文学院教授。出版有诗集《蜃景》《赞颂》，译
作《区线与环线力》《踏脚石谢默斯·希尼访谈录》。主编同人诗刊
《相遇》。

**评鉴与感悟**

在这首诗中，雷武铃延续他对外部世界一贯的观察兴趣，绘制出一幅
热闹又宁静的公园夜景图。正如塞尚相信用色彩和线条能够客观地把
握自然，雷武铃也怀抱着同样的信心，试图用诗歌语言构筑出一个肉
眼所见的真实的外部世界。它并非自然和现实的仿制品，而是一个观
看的过程，诗人借由这个过程的展开得以重新确认自我在广阔的外部
世界中的位置，通过精微的观察和认知活动，恢复对自我以外的事物
敏锐的感知能力，从而重新建立起自我与外部世界之间的关系。人与

树的暗影、林中空地的明亮、白云的亮度、低山的树影……我们可根据诗人的描绘复原出一幅光影分明、线条清晰的图画。不仅如此，还有樟树的香气、提琴声、青蛙叫等气味和音响加入画面，共同构成一个具体的时空——"它就是现在，/天空下的舒卷、人世间一夜。"诗人的视线在自然景物与公园里的各色人群之间流连，却不时从对观看的沉湎中跳脱出，将目光收回自身："我们呢，为林中空地的明亮/所惊"，"我们呢，在跨岛的木拱桥上/猜夜色之谜。"这热闹和平的公园、这深沉的夜，是因"我们"的观看、嗅闻与聆听，才如此这般存在于此时此地；是因诗人的书写，这"人世间一夜"才被"抹去了时间"，成为记忆中一种命运的展开方式。（李丽岚）

# 插　座

/刘博然

每个家的重要器官，都有它的一部分
不像红色液体的关键作用，也不充满各个角落
它通常只要小小天地，三十六平方厘米？

一双眼睛向外张望，有的也是三只
从那之中还能长出臂膀，怕它密集的样子吧！
但你我皆须依靠这恐惧而活，家也需要

极速的网埋在墙内，我们早已深陷其中
别想进入它们的世界，也永远别想摆脱

"发呆的，快帮我把冰箱里的肉拿来。"

下午六点钟，油烟机的直升机式轰鸣
空降急需物资，落在长柄的山间谷底，
银色瞭望台不断冒着升天白烟，九分钟
看好墙上的时间。

总计有三件东西会充满整个房间：
空气、无线网络和钟表带来的紧迫感

选自"朱贝骨诗社"微信公众号（2018年10月）

作者 ——

刘博然，中央民族大学哲学与宗教学院在读本科生。

评鉴与感悟 ——

"缩影是巨大之物的住所之一。"加斯东·巴什拉在《空间的诗学》一书中如此写道。缩影尽管是一扇窄小的门，却打开了一个世界。一件事物的细节可以预示着一个新世界，这个世界像所有的世界一样，包含各种"巨大之物"的属性。诗人刘博然以敏锐的视角捕捉到或可称为"巨大之物"电子时代与现实生活的小小缩影：插座。插座是现代家庭之中不可或缺的重要器官，它为各种各样的电器输送能量，带来声、光、热、动力以及隐秘不可见的交流。细节的描写最见写作的功力，一个仅占"三十六平方厘米"的方寸空间，却动用了诗人所有的感官，使想象膨胀起来、饱满起来。插座带来的便捷与它暗藏着的恐惧、危险与诱惑，在诗人的想象中具象成为一个联动而紧张的场域。在词语与词语构建的房间内部，空间保存着无数被压缩的时间。在结尾处，诗人巧妙地将空气、无线网络与钟表带来的紧迫感并置，以圆熟而精准的表达方式揭露着现代生活隐匿的泥沼。（张媛媛）

# 河　马

/吕德安

河马从水面升起，
我们希望它继续升起，一遍两遍，
直到确认它在那里
和它那酣睡的音乐
冬天，它那宽阔的背
需要爱抚，需要拨弄？
或者，河马应该在栏杆里升起，
像真理。

当河马升起，我们希望它继续升起，
不去看它身下那片湿漉漉的阴影
我们知道，那是它刚刚离开
水的教堂，墙壁上还有它的
翅膀的影子——啊！河马
至少在水面上梳理，把它的
石头皱纹和水的皱纹
加以区分是必要的

它那黑夜的颜色和水的玻璃颜色

然而此刻河马在哪里
和它那水下的长长的祈祷
啊，至少河马应该像房子一样升起
像它自己裹在云彩里的家，
因为在那里另一些夏天的河马，
正在雨一般飘临，又几乎不曾落地
在那里我们消失，而它们喝彩
一切都恰如其分
而世界的巨大的肉体的质问
已归于沉寂

选自《作家》2018年第7期

作者
———

吕德安，1960年出生，福建人，画家，影响力中国网诗歌主执。著有诗集《纸蛇》《另一半生命》《南方以北》《顽石》《曼凯托》《适得其所》，随笔集《山上山下》等。

评鉴与感悟
———

诗人里尔克写过一只巴黎植物园中的豹，"步容在这极小的圈中旋转/仿佛力之舞围绕着一个中心/在中心一个伟大的意志昏眩"。无论诗人吕德安是否看过这首诗，《河马》都可视为对这只闻名遐迩的豹的对位书写。里尔克的豹是疲倦的、无止境地处于意志的昏眩中。与此相反，吕德安的河马则处在"继续升起"的状态中，笨重而又优雅。诗人三次凝视河马的升起，三次升起所组成的复调像一圈圈涟漪，让这一向上的动作变得充满强烈的动感。诗人依然感受着一个伟大的意志，但这次它并不昏眩，反而人们的凝视与对它的赋值都变得多余——"在那里我们消失，而它们喝彩/一切都恰如其分"。尽管河马被"希望"，被希望在栏杆里（如"豹"）把握成一个真理；被希望成为水的献祭，仿佛从水中升起的爱之神爱洛斯，向上的姿态像给予人们拯救。但河马与这升起的姿势是不可掌控的。冯至说里尔克"怀着纯洁的爱观看宇宙间的万物"。吕德安则显得更加谦逊，体味着迷人的自然之姿，被巨大的肉体安静地震惊。同时我们能想象，河马祈祷般缓慢的升起，是对人与万物一种轻微的反讽，"一切都恰如其分"。（洪文豪）

# 那些配得上不说的事物

/毛子

我说的是抽屉，不是保险柜
是河床，不是河流

是电报大楼，不是快递公司
是冰川，不是雪绒花
是逆时针，不是顺风车
是过期的邮戳，不是有效的公章……

可一旦说出，就减轻，就泄露
说，是多么轻佻的事啊

介于两难，我视写作为切割
我把说出的，重新放入
沉默之中

选自《星星诗刊》2017年第20期

作者 —

毛子，60后，湖北宜都人，现居宜昌，作品散见《诗刊》《汉诗》《扬子江诗刊》《诗探索》《人民文学》《中国诗歌》《散文》等杂志。曾获首届扬子江诗刊年度诗人奖、第七届闻一多诗歌奖，首届中国屈原诗歌金奖，2016年御鼎诗歌年度诗人等奖项。

评鉴与感悟 —

罗兰·巴特说："我们判决，同时我们也是在命名，词语备有预设好的有罪名称，它完全顺理成章地在天平的梁杆上称出重量来。"人类通过对万物的命名自诩为世界的主宰，词语的秩序便是万物的秩序：人们说出某一事物的名字，就与这种事物建立了微妙的联系；人们试图理解和把握某一事物，势必先要给予它一个名称，"未命名的东西无法理解"（张隆溪语）。在一个具象而非抽象的世界，尤其是被大数据的网络紧紧包裹着的世界之中，词语充当着衡量事物的砝码，反复被提及的词语证明着某一事物的重要，比如论文的"关键词"、微博的"热搜词"等等。对于诗人毛子而言，他更关注那些被潮流淹没的事物，那些隐匿起人类的命名并配得上这般"待遇"的事物。毛子说出的那些"配得上不说"的意象凝滞在过去，虽然为了尽量避免"说"带来的减轻，他仅仅轻描淡写地提及了事物的名字，但与之对比的所谓"不是"的事物已经泄露了它们的特征——是淳朴时代敞开的抽屉而非戒心重重紧锁的保险柜；是经年泥沙积淀的河床而非转瞬即逝流动的河流；是陈年旧牍上"过期的邮戳"而非吸金合同上"有效的公章"……毛子终究未能详细地谈论那些"配得上不说的事物"，在说出那些词语的瞬间，他陷入两难之间，而最终，这些词语的归宿只能是沉默。事物的沉默既是诗的起点，也是它的终点，一如诗人秋水所说："但我不会让喉咙随意发声/不会让汉字在纸上乱了分寸。"（《像雪一样》）。而和那些"值得一提"的事物相比，"配得上不说"的事物显然更具力量，因为，"说，是多么轻佻的事啊"。（张媛媛）

# 细雨(外一首)

/弃子

我指给她说：
"岸!"宝贝，
那是"岸"
细雨时分。
我给她拍咳

复又指着她的
小鼻尖：这是你，
宝贝。
而你也将熟悉
眼前这片海域，宽阔
并带来一次静谧

我瞬即说：海。
她默不作声
小手紧紧攥住我的食指
仿佛我不曾描述

任何事物


**鱼腥草**

杂乱的阳台
面对杂物棚背后的远山
而脚步声时不时
跺过厨房，是为了阻止
那个依赖烟蒂的我。
当我想起一个人谈到
有关日常诗的震撼
白天的蓬热早已散去
余下翻晒数日的
鱼腥草，和拍动中的斑鸠
在栖停时。
母亲依然要过问那个
无所适从的我
一种责备语气
仿佛当我游走异地
便成了她的未知
不无忧虑——她知道那个
失落的我。当想象这一切
令我感到了富足

选自"我爱新诗"微信公众号（2018年4月）

作者 —— 弃子，本名陈道尧，1988年生，福建宁德人，现居福州。爱好读诗，写诗。

评鉴与感悟 ——

弃子的诗从句式到篇幅通常都较短，他往往以叙述的方式，鲜活的细节，极简的语言去构造一个情境，邀请读者进入，继而体验身处其中的心境。这往往让我联想到雷蒙德·卡佛的诗。《细雨》的情境多么简单：一个大人，一个小女孩，一片海，细雨时分，大人给孩子拍咳，教给她这是"岸"，这是"你"，那是"海"。然而心境又是多么"静谧"：尤其是最后的小女孩，她虽然默不作声，但那"小手紧紧攥住"的触感，又让我们感受到她微妙的内心变化。也许她对眼前的"事物"还缺乏感受和理解，但身处其中的她又分明受到了触动。世界正向一个幼小心灵渐渐敞开，她也正在试图一点点"攥住"这个世界。终有一天，她会"熟悉眼前这片海域"，像当年领着她的那个大人一样，重新体验"宽阔带来的静谧"。《鱼腥草》也是如此，一行又一行的铺垫，只为"富足"两个字。"我"所身处的环境（阳台，远山，脚步声，鱼腥草，斑鸠），"我"对日常诗的思考，以及最重要的，母亲对"我"的爱以及"我"对这爱的感知，这一切都让我感到"富足"。想表达出这"富足"并不容易，一不小心就会陷入对情感的肤浅描述。所以，与其表达情感，不如叙述情境，当诗人把情感/心境得以产生的情境诗意地呈现出来时，读者自会参与进来，再生出诗中的情感/心境。

弃子的诗有一股明澈而宁静的气质。一方面，他很少使用那些激烈而耀眼的意象，他笔下的事物都是可接近进而可感知的，他绝少用"岸""鱼腥草"或任何物象去表达某种观念，也绝少把它们变成纯粹的词用来组装故弄玄虚的超现实幻象；另一方面，一直以来，他都自觉地以自己独特的"语调"在言说。他的语调从来都不是抒情式的，而是叙述式的，叙事/叙述在弃子的诗中占有很大比重。然而就在客观冷静的叙述中，某种隐秘的抒情意味总是氤氲其中，他的言说方式或许和电影语言有某种相通之处，而他的很多诗都像是电影片段

（如《一封信》）。弃子自觉地寻找并使用自己的语调，他的字句排列无疑都经过了精心设计，却又十分自然。因为他对语调有着微妙的敏感。就以《细雨》中的"岸"为例，这个词出现了两次，但是却拥有不同的音色。"我指给她说：'岸！'"音调上扬，声音响亮；紧接着，"宝贝，那是'岸'"，声音回落至内心，几似无声的言说。从外界滑入内在，从物理声音变为内心低语，这是文本内在的呼吸，要感受到这微妙的变化，就要求读者有一双"内在的耳朵"。（张嘉珮）

# 野蔷薇之乱（外一首）

/森子

你听到野蔷薇枝条上的呼吁
蓝天刹车时的轰响
斑鸠巨婴般的呼噜
此刻
某个树杈已支开绿色群众

集体的成长不及
不及一块石头扔出的
失重的寂静
涧水经过水泥的封口教育
囤积舌苔上的自满
不吹牛，牛会死的
每一道小石堰都是休止符
念着"谁说我不能"的咒语

起伏在无路上的人
羞愧于蓝天刹车时带来的脑震荡

此刻
只有白色蔷薇和熊蜂
交换私人用品
（包括在暗处眨眼的春神）
与暮春说"再见——暮春"
野蔷薇刺出的锦绣刚好够过夏时遮身。

2018 年 4 月 21 日

## 高温天，湖畔写生

比形容词热烈
不止汗腺在劳作
手机里的荷花停止了生长
青蛙的舌尖上蒙了一层保鲜膜
而火柴支着的眼皮开始说梦话

一会儿，绑在长杆上的电锯出场
自我介绍六十多岁了
见你画荷，问能卖钱吧
也许，豆娘同意苇叶的托举
除了换钱不见湖水

那些湖边的树生下来就有罪
穿着绿号服
忍受阳光的刑罚和人类的断句
快速成材，触到浮云的扣子
解开雨点
两位男女保洁员清理伐枝的后事

湖水对事后不做任何交代。

选自"飞地"微信公众号（2018年9月）

作者 ——

森子，1962年生于哈尔滨呼兰区，毕业于河南周口师院美术系，主要从事诗歌、评论、散文和绘画创作。1991年与友人创办《阵地诗刊》，策划、主持编辑《阵地》诗刊十期，出版《阵地诗丛》十种。著有诗集《闪电须知》《平顶山》《面对群山而朗诵》《森子诗选》，散文集《若即若离》《戴面具的杯子》等。

评鉴与感悟 ——

从暮春到盛夏，诗人森子的诗思不竭、画笔不辍。"诗人的任务就是把物质世界转化为持久的、不可见的审美空间。"（凯瑟琳·科玛语）但对于画家森子而言，诗歌不仅是可见的，而且还是颜色饱满、线条流畅、浓淡相宜的。在他构建的文本空间中，诗歌不是一门孤立的艺术，需要动用多种感官去感受。诗歌演奏着行进的旋律，连休止符都顿挫有力；诗歌散发着沁人的香气，间或夹杂着雨后的泥土味或劳作后的汗味；诗歌的质地时而柔软、时而锋利，如清凉的涧水，像聚起的沙砾。森子的写作始终突出他与众不同的气质与个性，因而也暴露了自己的软肋。他紧促而丰满的长句如同夏夜的蝉鸣，隐匿在枝繁叶茂的词语深处，令人捉摸不定。《野蔷薇之乱》一诗将视觉转化为听觉，野蔷薇浓密的花朵如同众声喧哗，诗人的想象在这花枝上延展，一个"乱"字写出了花之茂密、多彩，也写出了暮春的心绪。《高温天，湖畔写生》则呈现了诗人生活场景的剖面，贯穿长句的不是繁杂的形容词而是一连串的动作和意象，湖畔写生的经验如速写般被迅疾的语言记录，线条清晰、姿态传神却戛然而止，留下了无法穷尽的想象空间，极似古典山水画的留白或是山水诗的余韵——"言在耳目之内，情寄八荒之表。"（钟嵘语）（张媛媛）

98

# 江心屿

/宋琳

乱流趋正绝，孤屿媚中川。

——谢灵运

它是一个发光体，一块青绿的石头，
一条无人驾驶的虚舟，
在乱流的中心，逆着乱流。

它分开并清点是与否，又让彼与此合拢——
江岸的分泌物，树的尸体，人类的垃圾⋯⋯
目送，而绝不挽留任何东西。

楔形大脑的金刚杵磨亮水的悲智，
遥想着青山隐隐的上游。那里，高处，
一朵被点化的雪足以供养十方大地。

而在这边，在喧嚣的市井的边缘，
失魂落魄的人正准备着摆渡，

去聆听一场落日般恢弘的开示，

去把罪业在那净瓶下的瀑潭里洗尽。
心的涛声早已收录在经卷里，被念诵，
花蕾上，一只比空气轻的蜻蜓临风不动。

现在，寺钟把壮阔的江面熨平，
海上的星星渐次归来，环绕佛塔的尖顶。
是的，黑暗降下时它是慈航。

选自"小柯"微信公众号（2018年8月）

**作者**

宋琳，1959年生于福建厦门，祖籍宁德。1983年毕业于上海华东师范大学中文系。1991年移居法国，曾就读于巴黎第七大学远东系，先后在新加坡、阿根廷居留。2003年以来受聘于国内几所大学执教。目前专事写作与绘画。著有诗集《城市人》《门厅》《断片与骊歌》《城墙与落日》《雪夜访戴》《告诉云彩》；随笔集《对移动冰川的不断接近》《俄尔甫斯回头》；编有诗选《空白练习曲》。《今天》文学杂志的诗歌编辑，《读诗》与《当代国际诗坛》编委。曾获得鹿特丹国际诗歌节奖、《上海文学》奖、东荡子诗歌奖等。

**评鉴与感悟**

在欧洲，风景画出现的标志在于，原先处于画面背景的大自然移至台前，成为画面的主要部分。在这种对象化的观看中，观者总是外在于风景的："将人与世界归入它们各自的位置里，它们因此立场清楚而互不混淆"（法·朱利安）。与之相比，中国的风景画则拥有更为漫长和稳固的传统。它甚至代表了人与世界的相处模式：人"游"于山水之间，在自然的结构中调整、发展，进而安定。《江心屿》一诗可视为宋琳与谢灵运的隔代对话。诗之开篇对"江心屿"做了一番象征化的塑造：在形象的接连转化中，它显得虚实难辨，成为诗意的一个原点。接下来，诗人通过目光的推移，为岛屿创造出了一片结构性的"大地"："遥想着青山隐隐的上游。那里，高处，/一朵被点化的雪足以供养十方大地。"这与谢诗中的"云日相辉映，空水共澄鲜。"拥有类似的情致。在诗的后半部分，诗歌的目光缓缓降落到喧嚣的市井生活：芜杂的"此在"，仿佛因山水获得了某种解脱与超拔的空间。在诗人漫游式的目光中，中西传统被改造为一种新的观看方式：诗人并不进入风景，而是在物我的对望中，与传统相认，并确认"只有相认的瞬间才使我们甜蜜"（曼德尔斯塔姆）。（苏晗）

# 树　歌

/苏晗

清晨，树——长发升起。
青白的光在街口流转，
一些人，在此站登上未来的班车，
到下一站，就变成另一些人。
树木在街边，小心看着这一切，
看那些或青或黄的日子，小心地成熟。

树，过去是银杏或者香樟，此刻
是一种纯粹的冷。
金黄的形象已经褪淡，仿佛曾有哀愁
——哪怕愤恨呢，也打包寄走。
它像一个卸甲的将军，垂着两臂，
重新摸索此地的规则。

学校，牙科医院。
每当太阳升起，一种
温柔的操练声，漫漫铺展过结痂的草坪，

宽阔的街道也被照拂，显出生气。
它伸出木质的舌头，舔——
冷冽的空气仿佛天堂，
驯服于形势大好的光阴。

可另一种声音，总在放松的时候
突袭。天桥挥舞悬臂，不知疲惫的
电动布偶裹紧毛绒，打哆嗦。
红色阶梯攀行着行人与归客，
而十二层的白色建筑，
沐浴在冬日的清辉中，格外安全、宁静。
树木注视这一切，思考
这不为人知的怪异，止不住咕哝。

并肩的艺人哟，如果口吃
已如战乱，亲临季节的寒嚣，
是时候，砍开你的喉咙，让我看看
这些清晰的瘢痕！
暴君已不再激动，吟者也不再
讲究平仄的纹理——它目送
他们摆手的退场，仿佛飞蛾脱蛹，
盲目，回旋着，往年轮深处
扇动小型的雷霆。

选自"翼女性出版"微信公众号（2018年8月）

作者 —— 苏晗：1994年11月生于湖北松滋，现求学北京。习诗，兼事批评，
少量作品发表。

苏晗的诗中，总有一种缓慢而紧张的风景，在极力克制的平静画面背后，隐藏着情绪与力量的暴动。她十分善于隐匿自己的目光，如时刻警惕的便衣潜伏者，以"它者"之视角敏捷精准地捕捉周遭变化。《树歌》便是一种见证，苏晗以城市风景之一的道旁树作亲历者，一切事物在表面看来都随树木缓慢而有秩序地生长，随气候冷却、退场。诗中绵密的修辞一再拖缓现实事物的变化发展的速度，构成"形势大好的光阴"。但"另一种声音"不合时宜的临场总是在反复提醒这日常之景的危机四伏。但在这首诗中，诗人似乎无意于提供一种与这种现实直接对抗的可能途径，"暴君"或是"吟者"突然沉重地现身但也在树的目送下迅速和平退场。或者说，诗人只是完成了一场"此在的目击"，至于其中的种种情绪，都将随风景的凋落、目光的流转，逐一消逝。（李娜）

# 凝结与升华（外一首）

/谭毅

风所到达的地方，降下锥形律法，追踪
纯正之书写。石缝，保留质疑那狭窄的
屠杀力：它守曲折，明确将气流之漩涡
拆散、演化为不适应显现的内呼吸。
而兽，扩大着岩石的吞吐量，它被洞抛出
又吸附，如思考的赘物与降温剂。

我们能够通过汗滴升华。当躯体
用"老"萎缩时间，肉身里的水，依然真切。
它从毛孔凝结而出，含天空
那无法企及的高度，促使会奔跑的生命
抖动太阳的线索，将自己
与其他物种的一生，紧紧缠绕在一起。

# 允诺

森林，是天空所允诺的事物。它安放
物种的号啕和空腹。皮毛中的阴沉
通过傻子而变得细致，能滑向身后的泥土。
它的趋势指导爬行者进化的尾部。
"天空留下这后方的注意力，通过我们
划分死亡。从胚胎到一摊失禁的尿。"
当死亡如阵阵不确定的闪烁，被交付而出，
星辰发出包裹灵魂的微光，促使我们理解
汇聚的位置。树顶将承接性地突破夜
涵于山谷的暗绿声道，打开身体里
忽略了声音的血管。"那标明热度的
一次把握，正清晰地缩小着心的特殊性。"

选自潘洗尘主编《读诗·词语的迷雾》，长江文艺出版社 2018 年 3 月版

作者 ——
谭毅，1975 年生于四川省成都市，现任教于云南大学艺术与设计学院美术系。已出版著作《戏剧三种》，著有诗体、叙事和对话录组成的《从城》系列文本：《可能的聚会》《内与外》《家与城》等。

评鉴与感悟 ——
这首诗里快要关不住的、不断往外溢出的动感令人惊讶。放眼望去，每一行里都有动词在使力，它们在词语的链条上不安分地扭动着，使诗歌获得了一种视听的特征。而对名词的赋形（锥形律法、狭窄的屠杀力、思考的赘物……）又强化了这种视听语言，让整首诗更有现代

106

感。除形式上独特的美感外，这首诗对于"我们"/此在的思考也别出心裁：借助于"水"这一介质，"我们能够通过汗滴升华"，让生命获得另一种形态。这种升华是对抗暴力（律法/屠杀力）的有效方式；而在此之前，我们需要凝结，凝结是自己与他人，是一个物种与其他物种的相遇，是抱团取暖。我们也只能这么做，因为别无他法。

（杨碧薇）

# 在海淀教堂

/王家铭

四月底，临近离职的一天，我在公司对面
白色，高大的教堂里，消磨了一整个下午。
二层礼堂明亮，宽阔，窗外白杨随风喧动，北方干燥的天气遮蔽了我
敏感的私心。
——我不确定自己是否用对了这些形容，
正如墙上摹画的圣经故事，不知用多少词语
才能让人理解混沌的意义。
教会的公事人员，
一位阿姨，操着南方口音试图让我
成为他们的一员。是啊，我有多久没有
参加过团契了。然而此刻我更关心这座
教堂的历史，它是如何耸立在这繁华的商区
建造它的人，是否已经死去，
谁在此经历了悲哀的青年时代，最后游进
老年的深海中。宁静与平安，这午后的阳光
均匀布满，洗净了空气的尘埃，仿佛
声音的静电在神秘的语言里冲到了浪尖。这也是一次散步，喝水的间

隙我已经

　　坐到了教堂一楼。像是下了一个缓坡，

　　离春天与平原更近。枣红色的长桌里

　　也许是玫瑰经，我再一次不能确定文字并

　　无法把握内心。我知道的是，

　　生活的余音多珍贵，至少我无法独享

　　孤独和犹豫。至少我所经历的，

　　都不是层层叠叠的幻影，而是命运的羽迹

　　轻柔地把我载浮。此刻，在海淀教堂，

　　我竟感受到泪水，如同被古老的愿望

　　带回到孩童时。或归结了

　　从前恋爱的甜蜜，无修辞的秘密的痛苦。

选自《中国诗歌》2018年第3期

作者

王家铭，1989年3月生，福建泉州人，本科毕业于武汉大学中文系，文艺学硕士，青年诗人、青年评论家，现就职于中国诗歌网，曾获樱花诗赛一等奖。有作品和译作发表于《诗刊》《诗林》《诗江南》《西部》《上海文化》《第一财经日报》和"澎湃新闻"等刊物、媒体，并被选入《珞珈诗派》《诗歌精粹》等多种诗歌选本。辑有诗集《时辰乐音》《无修辞的秘密的痛苦》。与友人合办民刊《阶梯》。

评鉴与感悟

提起教堂，往往让人想起它高大、尖锐的外在形象，想起站在它面前时所获得的静穆感，因为它所承载的是神的训示，是基督徒们苦苦追寻的终极真理。总而言之，教堂是神性的地方。但对于本诗来说，作者在教堂中获得的却是生活的、充满着人的色彩的体悟。对于即将离职的作者来说，此次他进入教堂所感兴趣的，是诸如教堂的修建史及其建造者之类的"人间事"，而不是来源于上帝的某种启示。这是本诗与一般的"教堂诗"的不同所在，它成就了本诗的独特。通过对一栋建筑的历史以及人的生死的思索，作者将关于语言的界限的经典命题，由神学层面转移到了对内心触动的表达上。在确定了生活经验真实性的基础上，通过（姑且称之为）"感动的泪水"，将美好的记忆与实在沟通了起来。（付邦）

# 夏天（外一首）
（为怀斯而作）

/西渡

你凝望一池碧水，于盛夏的正午
它透明，摇动，波光闪烁
然后，从远处，云影移入
不断加深它的颜色，越来越深

直到你看不透它，不再清明
化为深渊。它吸引你，如初次
的爱情，你站上它危险的锋刃
一件件脱掉衣服到完全赤身

你宽广的臀部，一如盛大的
夏天展开，甚至连他也不曾
细心地触及。你广阔的脊背
仿佛金色的火焰燃烧，一座

燃烧的印第安纳州！而你的金发
飞扬如火焰本身。你多么渴望投入

面前的深渊，那清凉，柔软，
永远在阴影中静候的：情人的

怀抱，驱走所有困惑焦虑无休
无止的日常的烦恼。啊，盛夏！
你为何犹豫，难道你依然留恋
这焦灼的人间为什么，于赴身

的刹那，你不禁回头那时
你看到什么炽热的太阳啊
把所有赤裸的光倾倒在你的背
如一阵猛烈的鞭刑，你的眼泪

夺眶而出：那永远不曾说出的
两个字，哽在你痉挛的喉咙。
往前一步，你成为不朽的女神；
往后一步，你返回人间的烦恼身。


## 此刻，大海有光

一面巨大的镜子从海底升起
接纳了这尘世的、疲乏的灰烬
愤怒的火焰在海水中平息自己
浩渺蓝缎展开柔软的身体
此刻，大海有光，在洪波中停驻
倾倒出古老的舵轮、锚链和兵器
鱼群的脊背陡然震颤而弓起
一队军舰鸟奋力向太阳展翅
深渊里，响起遥远的蚕桑的歌声

如黄金的钟磬，在大海深处播种……

选自《飞地》杂志平台（2018年9月25日）

## 作者

西渡，诗人、诗歌批评家，清华大学中文系教授、北京大学中国新诗研究所研究员。著有诗集《雪景中的柏拉图》《草之家》《连心锁》《鸟语林》《风和芦苇之歌》，诗论集《守望与倾听》《灵魂的未来》，诗歌批评专著《壮烈风景——骆一禾论、骆一禾海子比较论》。曾获刘丽安诗歌奖、《十月》文学奖、东荡子诗歌奖、扬子江诗学奖等。

## 评鉴与感悟

安德鲁·怀斯是美国当代重要的新写实主意画家，这首诗应该就是为那位画家怀斯而作，怀斯的画中表现的人体和光影都享有很高的评价，这也成了这首诗所极力表现的部分，诗中将风景与身体相互譬喻，相互交融，让本来空泛的风景显得灵动丰腴，而身体也艳光四射，诗中不断提醒着光影与色彩，也让这首诗如画一般，让人惊艳。诗与画本是两种艺术载体，感受的机制也不相同，因此在新诗中写画并不容易，但是诗人却用一种美复现了另一种美，用纯熟的技巧与诗意，完成了一件艺术品，并使这艺术跨越载体，为读者带来了美的本身。（肖炜）

途中的秘密

# 与父亲一同焚烧马蜂窝

/曹僧

没有亏欠谁，星辰
不愿意出门加入比喻。
中了秋的草木在退，
退到无尽灰，退到
铁幕中的夜目后。
打开探灯审视树梢，
拐枣如群鸟之爪，
繁硕，并等待经霜。
在楼顶雨衣夜行，
螯过的手臂酝酿着
海盐一般的丰腴。
那肿胀的经验时常
被乱入，被他人故事。
我们将稻秆捆束，
枝杈指向危如累卵。
许久不通力，我们
合作轮番去伤害。

瓦片下，几根椽条
也被茂盛的激情点着。
很大的火，很快就
偏离了宇宙的中心。

选自《诗林》2018年第6期 （总第27期）

作者 —— 曹僧，1993年生于江西樟树。毕业于复旦大学哲学学院，为复旦诗歌图书馆主要创始人之一兼首任馆长，复旦诗社第三十七任社长。曾获北大未名诗歌奖、复旦光华诗歌奖、香港青年文学奖等奖项。主编有《复旦诗选2015》，出版个人诗集《群山鲸游》。

评鉴与感悟 —— 这首诗中真正表现的实际经验其实并不复杂，仅仅是一个入秋后的夜里焚烧马蜂窝的过程，但得益于诗人在技巧上的处理让这件事变得充满意味。这正是诗歌的魅力，对日常的经验进行探索与赋值，从而让人更加接近生活与情感的本质，甚至还原一种本真的状态。这首诗或许并没有完成这一步，但是丰富的意象与装点精致的细节都让这首诗成为一首优秀的习作，从中也能看到诗人在写作技巧上的纯熟。但也不能说这首诗单单只是一首"炫技"之作，在这些象征里，诗人的思考同样不断闪现其间，无论是从被蜇处的肿胀到他人经验的乱入，还是焚烧时许久不通力却又开始合作去伤害，都可以感到诗人对生活经验的处理，可能有家庭关系，可能有对人性道德的思考，只是这些个人化的情绪，诗人更愿意隐晦地传达，甚至并没有全部让读者看尽的意思。（肖炜）

# 夜 行

/朵渔

手心冰凉。真想哭，真想爱。
——托尔斯泰1896年圣诞日记

夜被倒空了
遍地野生的制度
一只羊在默默吃雪。
我看到一张周游世界的脸
一个集礼义廉耻于一身的人
生活在甲乙丙丁四个角色里。

我们依然没有绝望
盲人将盲杖赐予路人
最寒冷的茅舍里也有暖人心的宴席。

选自《特区文学》2018年第3期

**作者**

朵渔，1973年生，原名高照亮，现居天津。著名青年诗人、学者。1994年毕业于北京师范大学中文系。2000年参与发起"下半身"诗歌运动。

**评鉴与感悟**

1910年10月28日凌晨，年迈的托尔斯泰裹着大衣，从雅斯纳雅·波良纳庄园中坐着马车匆匆逃离，身上只带有日记、铅笔与羽毛笔。不论朵渔何时阅读了托尔斯泰，这首诗的思想起源无疑来自这场伟大而悲剧性的逃亡。朵渔在诗的开头引用托翁1896年圣诞日记的短句，简单到极致，却又极其沉重与悲悯，可以视为托尔斯泰向耶稣喃喃祈祷后的自我速写。阅读托翁的诗人在精神的长夜中感受到托翁灵魂世界的巨大痛苦与分裂——"一个集礼义廉耻于一身的人/生活在甲乙丙丁四个角色中"。福音书记载，昔日耶稣对一班犹太人说："我实实在在的告诉你们，我就是羊的门。……凡从我进来的，必然得救，并且出入得草吃。"在"夜被倒空了"的混乱中，诗人奇妙地想象"一只羊在默默吃雪"。但在诗歌结尾，诗人在这种颇有些黑暗的阅读体验后，仍然写道"我们依然没有绝望"。正如庆祝无意义者昆德拉说，人类始终在永恒的历史的迷雾中前行。在这个意义上，我们每一个人都是盲人，但这又何妨"盲人将盲杖赐予路人"。诗人朱朱说："诗歌会带给我自尊、勇气和怜悯。我不认为自己真正地写出了什么。"诗人朵渔的坚定与沛然信念，是在与托翁共同的夜行中互赠的爱的力量。（洪文豪）

# 第七日

/官白云

第七日，终于陈旧，一秒也没有停留。
云朵和飞鸟，一千声奢华的秘语，变形为一千幅
新鲜的烟消云散。云尽处
马群涌了过来——
侠客回到天上。银色的马鬃，银色的雪，
更美的痛楚望着我，一条河流望着我……
从绝到望的尽头
我看见了你——
和我一起回到第六日。
秋深，也凉。
午后浓荫，挺拔的语感，必要的荷尔蒙
瞬息的无穷，值得反复引用。
第五日的花朵
是白色的，白得耀眼，试图提醒其他颜色，
它是水做的，是雷电的幽灵，
可以含苞，可以盛放。而夜风正把那时的花瓣吹过地板
枯萎的暗香，让午夜有点微醺。

第四日的雨，来自江南，

一个少年从梦中醒来，他臂上的青龙

成为可见，成为雨意充满房间。

第三日的巫师，他的读心术使日子变短，

短得没有黑夜，只剩下起伏的剧情与长长的人生。

第二日加快的心跳，携裹一生的眩晕

拴在石头上的心——

阅读上面所有的青苔。

第一日的危崖吞噬庞大的深渊

时间死了，它活着。

一棵成熟的银杏给我金黄的微笑。

它体内的白果，

通过去壳、去心、蒸煮，回到胃，

成为一剂良药。

选自中国诗歌网2018年9月4日

作者

宫白云，女，出生辽宁省丹东市，中国散文诗作家协会副主席，辽宁省作家协会会员。诗歌、评论、小说等作品散见于各种报刊与选本。获首届金迪诗歌奖年度最佳诗人奖，2013年《诗选刊》中国年度先锋诗歌奖，第四届中国当代诗歌奖批评奖。第三届《山东诗人》杰出诗人奖。第二届长河文学奖学术著作奖。著有诗集《黑白纪》，评论集《宫白云诗歌评论选》《归仓三卷》。

时间，在昼夜之间分割成时分秒，在物候轮回中分割成春夏秋冬。神用六天创造天地万物，第七日安息，时间便因此被分割成"周"，第七日则是一周的最后一日。 与神相异，诗人宫白云仿佛从第七日苏醒，在已经完备甚至陈旧的世界万物之间，诗人"一秒也没有停留"。《第七日》一诗仿佛是倒放的录像，从时间的尽头不断回到一切的开端。时间不断退回，如同傍晚退潮后的海岸，白日里隐匿在海水深处的形形色色的贝壳与礁石，此刻一览无余。法国哲学家加斯东·巴什拉说，"贝壳类动物和化石一样，是大自然为了构思人体各个部分的形状所做的尝试；它们是男人的碎片，女人的碎片。" 在时间海岸漫步的诗人拾得了这些碎片，贝壳里海的声音渐渐消散——在第七日，"一千声奢华的秘语"烟消云散，只有更美的痛处在绝望的尽头让诗人与"你"相遇，银色的雪预示着的寒冬在第六日则变成了深秋，"午后浓荫，挺拔的语感，必要的荷尔蒙"这些都是"瞬息的无穷"，是永恒的刹那，在流动的时间中坚挺的礁石。继续回溯，第五日已是盛夏，耀眼的百花"是雷电的幽灵/可以含苞，可以盛放"；接下来的后退速度渐渐变快，第四日回到雨季，第三日夜短昼长，第二日心跳加快，一生的眩晕都在如此加速。终于，到了第一日，银杏成熟的果实回到胃，时间的果实进入诗人的身体，成为一剂良药。一个七日终结，新的七日开始，瞬息的时光流逝，永恒的时间却不曾止息——正如诗人所说，"时间死了，它活着。"（张媛媛）

# 七曲山之夜①

/蒋浩

那居住在古老树冠里的星星
离我过于遥远。
其实早在一万年前，
它就消失了。此刻，
我看到的只是它剩下的光，
还在向我靠近。
我记得我曾经爬到树冠里，
被父亲训斥着——
他害怕我会摔下来，
而不是像星星靠自身的光
轻盈地托举着自己。
我不认为我曾经来过这里。
想起那位唐朝的诗人，
也曾这样坐在这棵柏树下，

①七曲山位于四川省绵阳市梓潼县城北，古称尼陈山。天宝十五年，唐玄宗幸蜀经此山，有侍臣留下"细雨霏微七曲旋，郎当有声哀玉环"的诗句，七曲由此而名，道教誉为"天下第九名山"。

看星光移动树影，

像旁边的溪水从泥土中

冲洗出黑暗的石头。

石头也曾是星星的一部分，

离开了光的佑护，

寂静得像树皮在开裂。

而我希望那照在我身上的光

能再次把他们缝合在一起，

并用他的名字托举着他。

选自"海甸岛"微信公众号（2018年8月）

**作者**

蒋浩，1971年生于重庆潼南，现居海口。编辑《新诗》丛刊。著有随笔集《恐惧的断片》，诗集《修辞》《喜剧》《缘木求鱼》《唯物》《夏天》《游仙诗·自然史》。

**评鉴与感悟**

蒋浩这首诗最引人入胜的是其细节的转换。依托于"星光"的意象，诗意从时间的银河，流转到童年的记忆、古代诗人的形象，最后到写作本身。在结构全诗时，诗人显示出一种较为自由、随手的调子，这表明他对语言的享受状态。所以，他以联想为重要动力的隐喻并不刻意晦涩、但十分奇异精彩。比如，"石头也曾是星星的一部分，/离开了光的佑护，/寂静得像树皮在开裂"，就是在星星——石——树皮之间做了可感性极佳的比喻连结。自由联想式的诗意运转，给阅读者带来凝视词语的契机和智力上的乐趣。有时，我们读蒋浩的诗，好像他是在熟练地把玩一枚魔方，向不同的角度旋转出不一样的诗意，但其背后不乏精巧的布局。（马贵）

# 飞行生活

/了小朱

我带着一个落日升起
它又慢慢沉下
像一块黄昏的余烬

如果时间未晚我要乘这片云①
香烟吸到尽头
就用相思塑造一柱灰
一座布满空穴的小山
让头脑的海拔挺得更高

面颊之井就有辽阔之喜
一群马哈鱼从鄂霍次克海来
它们不探究政治理念
像是告诉现代诗人
滚动自己就是生存的形式

①安德拉德的诗句。

而薄梦不速榖，纱倚着我
和风缱绻用静电裹挟我
眼球上有暴君滚着眼泪
破壁后如大海冲刷着我

我肋骨上整齐的肌肉
是旧时代不规则隆起的走样
雷声的切面分开了我自传
往昔折叠成一个现在
现在展开后是个未来

清晨的哈欠有典型的尺寸
张力拉开生活的引线
最后又伪装成一次叹息
"我的处境还不能脱离得失"

选自"AoAcademy"微信公众号（2018年4月）

**作者**

了小朱，诗人，飞行员。1986年10月出生于陕北，性疏懒，喜结交，曾好酒，亦好诗。少时成长于山间，成年后在西安读过大学，后辗转多地，现居上海。

**评鉴与感悟**

诗人是了小朱的身份之一，他的另一身份是飞行员。飞行是他诗歌的重要主题。法国哲学家加斯东·巴什拉说，"在词语本身中上升和下降，这就是诗人的生活。上升得太高，下降得太低，这对诗人来说都是可能的，他把大地和天空连接起来。"了小朱正是如此重复着连接大地和天空的事业。《飞行生活》一诗是诗人飞行经验的片断，飞行员的身份赋予了诗人与众不同的视野、海拔与想象。在这首诗的开篇，诗的主人公发出气度不凡的宣言："我带着一个落日升起"，对于其他人而言这种表达是充满臆想性的豪言壮语，而对于一个飞行员而言，这是真实可信的经验的复写。但在了小朱的诗学空间内部，与真实之维度平行的、甚至更为辽阔的是想象的维度。在云中穿梭的思绪，缭绕的烟雾，"让头脑的海拔挺得更高"。从高空俯瞰，山脉、河流、高原、大海……一切地貌缩微成地理的图注。自然穿行于诗人的身体如飞机穿行于苍穹，紧张的语言如紧密的雨点：静电裹挟我、大海冲刷我、雷声切割我。在诗歌内部，时间被折叠又被延展，诗人生活在其中，合乎规则的生活只在想象中羁放，用力拉开生活的引线却不能引爆琐细的日常，最终只能伪装成一次叹息："我的处境还不能脱离得失"。（张媛媛）

# 远 足

/砂丁

一路穿行于城市的郊腹
那些长久惦念的，又再次
熟稔起来。连绵起伏的山
山谷里隐约错落的小庙
无边的溪水、蜻蜓和稻地。
南岭峭拔的风景里散发
熟透的瓜果爬升、沤烂的甜味。
有小孩子游泳，招呼路上的
行人们看他。手臂上有
刺青的年轻人，顶着烈日
无目的地盘桓，大摇大摆地
丝毫不为他们漫长的无聊
感到羞愧。夏天的藤蔓
生长，空气的确是清新的。
车里传出讲鬼故事的讪笑
男孩抓女孩的衣领，伴着
冷酷、嘲笑的声音。女孩们

下来了，戴墨镜的女孩
找不见卖饮用水、小食品的
店铺，又折回来。非常多的
小孩子从河边呼啸上来
停在车窗前向里面张看。
去年春在鸡鸣寺，他们怀着
远足的心情，看小池塘里
还没长开的荷花，手指尖
重叠的稀薄云色。他们刚到
这座城市的时候，都不是
为了对方，寥然地在城墙下
走一段路。洞开的门野
也好像变得很清凉，带着
湿温的雨。在清凉寺，你说
爬吗？我们就爬上去，再到
石头城，绕回到公路上。
小孩子们走了，他下车
在乡野里从南到北地瞭望。
一座一座的孤峰连接着
他们，又或是连接着
他们之中的任一个
连接着天和地。

选自"飞地"微信公众号（2018年10月）

作者—— 砂丁，1990年出生于广西桂林，毕业于同济大学中文系。现于北京大学中文系攻读博士学位。

全诗弥漫着一种青年式的忧伤情绪，这主要体现在叙述的节奏和语调上。温柔、细腻、亲昵的叙述造成了某种清新的音调空间，游记诗中插入的追忆片段又为这个音调空间附上了伤感的光晕。如果我们同意，诗的音乐很大程度具有重塑时间的功能，那么在《远足》中，经由琐碎的叙述，逝去的过往和眼前即景被松散地拉到同一个时空。这是诗人强烈的风格化特征带出的效果。另一方面，我们似乎也能读到诗人试图挣脱他调性习惯的努力，一些词语的选用引人瞩目。比如，在开头一段山郊风景的怡情描写后，诗人写道"南岭峭拔的风景"，"峭拔"一词好像是对舒适状态的一次挤压，但这种上升的凌厉感马上被"熟透的瓜果爬升、沤烂的甜味"淹没掉了。（马贵）

# 缘溪行

/舒丹丹

若能由源头掬水而饮
又有谁会抱怨山路迢远
在溪头村，要确信你的脚踪
始终跟随溪流的泠泠之声
确信青山在侧，流水不腐
枝叶永远不会厌倦太阳
当鸟雀的鸣啭穿透阴影
光像果子一样可以采摘


无人知晓你走了多远的路
才能解开身体中隐形的捆缚
像牛尾若无其事地掸走忧郁的飞蝇
像被山石割破又愈合的溪水
一路自由地饮风
将那未经按捺的生命的律动
渗入每一颗生长中的茸桃和青李

让初夏也为你浓郁

选自中国诗歌网2018年6月26日

## 作者

舒丹丹，20世纪70年代生于湖南常德，现任职广州某高校英语副教授。诗作见于《诗刊》《十月》《扬子江诗刊》《汉诗》等刊物，出版诗集《蜻蜓来访》，诗歌入选多种诗歌选本。出版译诗集《别处的意义——欧美当代诗人十二家》《我们所有人——雷蒙德·卡佛诗全集》《诗歌EMS周刊：（爱尔兰）保罗·穆顿诗选》《高窗——菲利普·拉金诗集》。曾获2013年度澄迈·诗探索奖翻译奖、第四届后天翻译奖、第二届淬剑诗歌奖、第二届金迪诗歌奖十佳诗人奖、2016年度第一朗读者最佳诗人奖。2016年5月受邀参加第三届罗马尼亚雅西国际诗歌节，获雅西市政府颁发的"诗歌大使"称号。

## 评鉴与感悟

舒丹丹的诗不使用艰涩的语言，却常常在畅达的言说中，引出某种玄思。她的诗有浓郁的自然气息，与大自然中的植物、动物、雨露阳光融为一体，但又能保证主体的独立不被自然的笼罩所遮蔽。从这个角度来看，自然更像是她诗歌中必不可少的背景。《缘溪行》是一首关于"信"的诗，走，是为了"确信青山在侧，流水不腐"，自然有其永恒的定律；也为了确信那个走了很远的自己最后又回到了自由的状态中。在当代汉诗里，拆解并不罕见，"信"反倒是一种稀有的建构，它关系到汉语新诗的命运及其未来的走向。而舒丹丹正在用她的轻言细语和独特感受，为这种建构添砖加瓦。（杨碧薇）

# 某野浴者的体检报告[1]

/王辰龙

他正晚年，放下高举的右手，口中
鼓励着什么，便跃入游船西去后的
尾纹，像是幻听号令而抢跳的好手

他浮现，踩水回望身后白石的护栏
孙子热烈鼓掌，秋叶掷地无声。而
此前两天，本市局部有雨，先划过

入夜的深霾，再趁早湿你鞋。只好
客厅避难，灯不开，电视光里，他
瞌睡着南国的台风正紧，直到爱人

推翻卧室，巡查反锁的门、拧紧的
煤气与有次没能关好的冷藏室。他
醒来，凌晨四点再醒来，旧怨早已

①2016年10月25日，北京法华寺；写给光昕师兄，兼示万冲、皓涵与肖炜。

忘却，新愁是新政下某个小家庭的
撤退：他们几年来社区门外烹焦圈
蒙蒙亮时便也有口舌的欢愉。此刻

街坊们回了岸，擦拭着水寒，说起
来月的民主生活，而有关科学养生
却总争不出个代表。又一次把自己

深埋长河，他久久屏息，像暑假里
结伴脱缰的小二郎，非决出池中的
记录才罢休。而蛙泳几时仿佛就有

前生几多将蝉蜕，一如遭受伏击的
走私船速朽于君不见。他试着睁开
双眼，痛看水心的混沌灿若新青年

选自《名作欣赏》 2017年第11期

作者 —— 王辰龙，1988年生于辽宁沈阳，现暂居北京，在中央民族大学攻读
文学博士学位。曾主编《北岳中国文学年选·2016年诗歌选粹》。曾获
第九届"未名诗歌奖"与第四届"紫金·人民文学之星"诗歌奖。

在我对辰龙的阅读史中，"水"时常派生、蜕变出多种面相在诗中显形——"酒"，不仅浮泛着在西门无数次畅饮酣醉的回忆（《魏公村·一》），而且甚至从记忆上腾为一种态度：生活，"啤酒般迷人"（《花溪来信：给L.N》）；在诸首给L君的诗中，南国的夜雨被诗人意象化与修辞化，变成情人往事里的温柔与缠绵（《小城淡季》等）。不仅如此，在辰龙的诗中，"水"进而漫延为一种诗歌想象的路径与一种语言的感性，前者试图通过一种"潮湿"的诗歌想象，言说自我的敏锐感受与当下中国的社会现实，重建一种与变迁后的时代与他人的伦理关系；后者通过降低修辞密度，援引日常语言的活泼资源，以舒缓、敦厚的追忆口吻和顿挫抑扬、新古通拗的语言节奏形成一种流水般"质朴、新鲜、生动"（冷霜语）的诗歌表达。在这首诗中，河水的场景化与游泳的动作在辰龙的组诗《浑河的三个瞬间》与《工人村与影子》中亦能寻到踪影。诗中，诗人将一位"野浴者"（"他"）同时置于两个时空之中："客厅"与"长河"、"晚年"与"暑假"（童年），诗题中的"体检报告"指向某种身体的政治——在水中的矫健（"像是幻听号令而抢跳的好手"）与在客厅里的疲乏（"他瞌睡着"）两者之间释放出某种从空间变化指向时间流度的张力——晚年现实生活的琐碎与困顿（诗第四、五节）使"他"尝试着通过在水中游泳，怀念并企图重现年轻的景象（"蝉蜕""努力睁开双眼"）。在这种时空变迁的交叠中，诗人"用现代汉语实践了一种与消逝对称的抒情"（陈勇语），也因如此，诗人的言说正坚实地重塑着"消逝"的现实。最终是否会消逝呢？我想起诗人张枣在《一首雪的挽歌》的声音：

"但是道路不会消逝，消逝的是东西；

但东西不会消逝，消逝的是我们；

但我们不会消逝，正如尘埃不会消逝。"（周子晗）

# 山　村

——给宝卿、杨力

/王志军

**1**

废弃的高架铁路，横跨整座山谷。

走在上面，像走在上世纪六七十年代。

锈红铁轨，和枕木拼成一溜方格，

石子亮灰底色——

胶卷抻平，显现当年光影。

恰如路轨一端，东北方半山上

早关停的热电厂，粗大烟囱高举标语

假装还在过去日子里。


另一端钻入西南方隧道。

从那幽暗中，火车不时鸣笛冲出，

但没奔向我们，而是从岔道

驶往南面那条架在两山间的主干线。

因车速慢，愈发轰响，

带着脚下旧轨也轻轻震颤。

虽然明知火车永远不会再来这边

走近洞口仍然生出恐惧。

这时一道潮青色凉爽的阴影
由西而来，推着明亮的光越过我们
一直压上东边高高的山峰。
余晖直晒的最后尖顶
呈耀眼金黄色，炉焰般燃烧。
我们惊讶地看着它，直到完全熄灭。
桥下，屋顶、树冠失去光泽
逐渐褪下色彩。夜色像慢慢变浓的雾
终于完全充满谷底。
纳凉的人还在，只有声音传来。

**2**

而同时，群山黝黑轮廓线上
云彩正化为浅灰，从它们绚烂的
黄昏盛宴中隐身。
又一列客车穿出，在山腰拉出长长亮格
曝光着那一方方旅途生活。
停顿与流逝的戏法。震慑与恍惚。
我看见飞驰的光带剖开浓重山影
被另一侧隧道吞没。响彻山谷的咔咔声
消失在大山深处。

再看天顶，透亮的蓝紫色
因越来越大的星点变得深邃。
白天并不醒目，此刻
高大信号塔在西边直插上去——
简练的黑色线条，在夏夜清朗底色上
勾勒出的明晰剪影

几乎触到极小极弯的弦月。

当寒冷和疲倦袭来，起身离开。
来路漆黑。
进村前再次回头，哦那月亮
柔光洒遍憧憧树影皴染的寂静岭线。
铁塔依然兀自耸立
在混沌的黑暗山野。
看似冷漠，无声传递着隐秘的爱。

选自"元知"微信公众号（2018年10月）

作者 —— 王志军，1978年生于河北昌黎，现居北京。出版诗集《世界上的小田庄》《时光之踵》等。

评鉴与感悟 —— 在今天的诗歌写作中，处理速度即是在处理我们生活的本质，无论是从一地到另一地的快速变换，还是某处风景自身的变迁，其背后隐含的，都是为我们的日常带来迥异与惊诧的具体经验，以及我们在面对这些非日常时候的震惊体验。诗中的乡村一地既是旅程的终点，也是一个漫长的旅程，它既是一个地址，也是诗人面临问题的核心，是速度的具体形态，这首诗可谓是将这种速度感完整地呈现给了读者，同时还有这种现代速度所带来的、那些惯常被无视的切身感，这同样是这首诗有趣的地方，诗人并不想解决什么问题，而仅仅是事无巨细地呈现，从肉身体验到情感反应，他试图将读者同样放置于这速度中，复现出那些被忽略的风景，又在各处洒下细小的铁片，这样的旅途是向后的，也是向前的，但最终诗人希望它是疼痛的，并以这种疼痛小心提防自己沉沦于时间的陷阱。（肖炜）

# 下南洋：开平碉楼里的女人像

/杨碧薇

鹅黄色灯笼袖洋衫，水蓝色搭扣皮鞋，
鬓边斜插过一支荷花发簪。
胭脂当然少不了，
寂寞的红，只有我能诠释。
书房里已布好静物：
蕾丝桌布、马来锡果碟、鎏金咖啡壶。
我理顺裙带，坐在木椅前，
模拟陪嫁带来的青花瓷瓶，
面对镜头，从容地摆拍惜别之情。

昨夜入洞房，今日合影，明早他下南洋。
这是我的命。
它迈着猫步一寸寸蹑来时，
我嗅到脉脉的温情里，杀人心性的毒。
"杨小姐，你刺绣作诗、下棋鼓琴的佳期过去了。
从今往后，你是一个人的妻子。
你要服从无影手的改造，从头到脚贤良淑德。

不可任性，不可让三角梅开到围墙外，

不可擅自想象与情郎私奔。"

我在心里嘲笑这道圣旨，若我大声说不，

它会当场捆绑我，为我量刑。

为了更大的自由，我用上齿咬住颤抖的下唇，

说"好""我愿意"。

所有人都很满意，将漩在我眼里的泉，

进行了正统的误读。


出阁前，我的私塾先生敬老夫子说过，

要学会蔑视。

此刻，从西洋照相机吐出的光里，

我已寻不见蔑视的对象。

流离涂炭的南洋不能为我巩固道德正确性，

流奶与蜜的南洋也带不来幸福。

我必须独自去追寻那道行在海面上的光，

这一生，我为它而来，也随它而去；

我在它里面靠岸；其间看过和演过的戏，皆可忽略不计。

那么今夜，我会为陌生的新郎官，

做一碗红豆沙，以纪念我们浮生的交集。

想到这些，快门声响起时，我的梨涡就转动了。

我越笑越动人，还看到百年后，

从云南来的年轻女游客。

她站在开平碉楼的照片墙前，

捻着命里同样的刺藤，敞开肉身让我的目光洞穿，

而我的笑已回答了一切。

选自《滇池》2018年第9期

作者 —— 杨碧薇，云南昭通人。诗人，作家，文学博士，马蜂窝2014年旅行作家。其著有诗集《诗摇滚》《坐在对面的爱情》，散文集《华服》。

评鉴与感悟 —— 这首诗名为《下南洋：开平碉楼里的女人像》，诗人杨碧薇试图描摹的老照片更像是诗人置身于历史空间之中的自画像。开平碉楼照片墙上一对伉俪的小影中微笑着的女人与百年后"从云南来的年轻女游客"隔着遥遥的时空、穿过想象的边界无声地交谈。诗的开篇描摹照片中女人的衣着、配饰和胭脂，洋溢着对美的自信，"寂寞的红，只有我能诠释。"背景的细节描写也毫不含糊，"蕾丝桌布、马来锡果碟、鎏金咖啡壶"，别具南洋的风情。跟随着诗人喃喃自语般的呼吸，照片背后的声音也渐渐显现出来。"昨夜入洞房，今日合影，明早他下南洋。"寥寥数言所概述的匆匆三日，却几乎勾勒女人的一生，"这是我的命"，这五个字掷地有声、凝练有力，无尽辛酸与委屈、短暂的幸福与无期的别离都包蕴其中。命运的降临悄寂无声，却是"杀人心性的毒"。诗人钟鸣说："生育大概确实和照相相似，都要把自己的骨肉，变成单薄的面相分离出去。"这话不妨反过来阐释。西洋照相机吐出的光里，单薄的面相与命运一同分娩。从镜头的视线里洞穿的一切：道德与反叛、幸福与苦难、自由与禁锢、过去与未来等等都在某一个瞬间定格。延宕至今，她的笑已回答了一切。

（张媛媛）

# 向日葵花海赏花指南

/杨小滨

从东边踏入，你就会
看见它们列队仰望夕阳。
如此肃穆，仿佛世界已经
微笑着闭上了眼睛。
继续往西，你还可以在波光
粼粼里找到更多
情感的黄金，沉甸甸地
落在幻觉的田野上。
俗话说，种下的是黄金，
收割的总是葵花。那么，
不用太亲昵的爱抚，
蜜蜂就会让香气氤氲
在记忆的刺点。在
必须的闪光里，不管你
是不是认出自己，
都能照出莫名的快乐
从头顶上的花环，

散发出烈火的腐味。

选自《上海文学》2017年第7期

作者 ——

杨小滨：生于上海，耶鲁大学文学博士，现任"中央研究院"文哲所研究员，政治大学台文所教授，《两岸诗》总编辑。著有诗集《穿越阳光地带》《青春残酷汉语·诗歌料理》《景色与情节》《为女太阳干杯》《杨小滨诗X3》《到海巢去：杨小滨诗选》等，理论和评论专书《否定的美学：法兰克福学派的文艺理论和文化批评》《历史与修辞》《The Chinese Postmodern》《中国后现代：先锋小说中的创伤与反讽》《无调性文化瞬间》《语言的放逐：杨小滨诗学短论与对话》《感性的形式：阅读十二位西方理论大师》《欲望与绝爽：拉冈视野下的当代华语文学与文化》等。

评鉴与感悟 ——

自中国的新诗写作展开以来至今，书写向日葵的作品已有不少，其中亦不乏佳作和名作。可以说，向日葵已经成了新诗写作中的经典意象。因此，如何从一个新的，或者说独具个性的视角来观察和书写向日葵，就成了当代写作者所面临的一个重要问题。本诗的写作者想必也考虑到了这个问题。他所书写的是一次游览向日葵花海的经历。从进入花海，到沉浸其中，感受所谓"必须的闪光"所照出的快乐。在这期间，作者又将对梦幻和记忆的感觉安置其中，使得本诗短短的篇幅中，联络了一系列情绪的变迁。在结句"烈火的腐味"中，我们似乎可以看到，作者对经典话语中向日葵的精神内涵的嘲讽。而本诗为对抗"滥调"所做出的努力是：让向日葵在作者纯粹的感官体验中，成为它自己。（付邦）

# 孤山拟古，寄林和靖

/叶丹

我已回乡多日，想必清贫的
先生也只好退回西湖。
"整个国家都浸泡在税赋之中，
而只有西湖是免费的居所。"

那日，我寻访孤山，想请教你
植梅的手艺。石碑上新发的
青苔暗示我：你出了远门。
兼职门童的鹤落在亭尖告诉我，

你是连夜出发的，回江淮防洪。
"像还一笔年轻时欠下的债。"
"筑堤不如给积雨云做扳道工。"
"入伏以后当月夜翻耕，

锄开月光的瞬间完成迁插，
开出的花才能雪般白，还要

145

种得整齐，如韵脚一般。"
它高傲的样子颇像台起重机。

它还说整个七月，它都不曾
飞出孤山，因为不忍心
对着发胖的西湖照镜子。
做错觉的帮凶。"月光落在

枝头，像层薄雪。"话音停驻
在你坟边的一截枯死的梅枝上，
它在梅季长出了野菇，仿佛
你经手之物朽烂后仍有奇力。

选自中国诗歌网2018年8月29日

作者 —— 叶丹，1985年生于安徽省歙县，现居合肥。出版有诗集《没膝的积雪》《花园长谈》。

评鉴与感悟 —— 孟子有言："以友天下之善士为未足，又尚论古之人。"我们总渴望与几十年前几百年前甚至几千年前的古人对话，因为我们渴望理解自身的存在。当我们通过一首诗，一幅画，一本书，一件事对逝者心生敬佩和相知之情，我们就会把逝者认作榜样和知己。如果我们从他的行动（哪怕这行动发生的时空已经消亡）中获得了力量，那么他是死是活又有什么要紧？因为他总是在场的。即便对和靖先生的了解仅限于"梅妻鹤子"和"疏影横斜水清浅，暗香浮动月黄昏"，也不会妨碍我对这首诗的欣赏和喜爱。因为这首诗的路径是安静而独特的，与赞美政治偶像和娱乐偶像的话语不同，它放弃了谎言和狂热。它选择走进林逋的时空，走进"孤山"寻访先生像寻访一个友人。在寻访过程中，西湖、梅、鹤并不是某种要被赞美的精神的符号，也不是在流通过程中已毫无新意和动人之处的典故，而是一个有趣的场景。当这场景以富有趣味和想象力的姿态呈现，我们的信任被唤醒，继而走进叶丹式的林逋世界。古今对话离不开想象，而想象力在"诗"里会更加惬意，甚至可以说是更加真实，"月夜翻耕"就是最有力的体现：月光与花的颜色产生了因果联系。最后，诗人写到林逋的死，然而这依旧是写死者的在场。对逝者最高的赞美，只有以如此安静而诚恳的语调说出，才值得被信任。（张嘉珮）

# 秋日，与小毅登万溪冲后山

/一行

我们停止了攀登，将目光投向
前方深青色的松林。狭长小路
像一根老藤在山坡蔓延，朝向高处
混蒙的天空。群峰相互映照，
增加着山谷的深度；而前晚下过的雨
透过草木的呼吸，使空气有了清凉鼻息。
我们坐下，在这离山顶只隔一片松林
的地方，喘息因海拔而变得粗重。
从高处往下，可以看到梨树林中
有农民在烧粪肥，灰如虫云的烟雾
在发酵出酒味的梨和梨枝间萦绕、
徘徊，始终不肯往上飘升。
几个骑电动车的青年在山脚急驰，
奔向不远处闪亮如玉珮的水库。
我们肩挨着肩坐在草坡，望着
这座积木搭起的城市，望着那些
熟悉的楼群、街道，那些昆虫般

来回窜动的汽车，一阵晕眩。
你谈起成都，谈起埋葬父亲和母亲的
白塔湖墓园，从山顶可以眺望湖泊、河流
通过琴弦般细长的公路与城市相连。
那些将过去与现在相连的道路在哪里？
死者与生者相连的道路，又在哪里？
那些水田旁发呆的日子，那些早已拆迁
却仍存于记忆中的楼层，如同少年时
玩跳房子游戏所面对的白色方格，
重又清晰映现。汹涌而来的往昔
压迫着呼吸，而我们无法在人生的中途休息。
这暂时的安宁，只是生活给出的片刻飞地，
犹如在拥堵公路上并不熄火的停车。
夕光落在我们身上，和我讲的笑话一起
将你从阴郁云层的笼罩下挪出。
几只米线瓜垂挂在悬崖，腹黑的种子
深埋在圆乎乎的滑稽体型内。
远处，山顶的松树与云互通有无，
从天空汲取着使深青更深的玄色。
你把头倚在我肩上，像一只困倦的兔子
在黄昏时耷拉着耳朵睡去。侧过脸，
我听到你的呼吸平稳、深长，与草木同步。

选自潘洗尘主编《读诗·词语的迷雾》，长江文艺出版社2018年3月版

作者

一行，原名王凌云，1979年生于江西湖口。现为云南大学哲学系副教授，主要研究方向为西方思想史、现象学、政治哲学和诗学。已出版诗学著作《论诗教》和《词的伦理》，译著有汉娜·阿伦特《黑暗时

代的人们》等。

诚如诗中所言："我们无法在人生的中途休息"，因为生活和时间总是既在前边死劲拽着又在后面狠狠推着我们。但我们总有办法稍稍变换行走的方向，就像一颗微微逃逸了固定轨迹的行星。在循环往复的日常生活中，一场突如其来的雪，一场短暂的异域旅行，或者偶然深夜回家时寂静宽阔的街道，都会给我们惊喜。因为我们获得了与以往生活不同的眼光，去看待那似乎是一成不变的风景。这些"生活给出的片刻飞地"虽然短暂，却弥足珍贵。"登万溪冲后山"时，行走的方向从水平变为垂直，这是一场身体与心灵对固定轨迹的双重偏离。当诗人坐在离山顶还有一片松林的地方望向天空、望向山脚时，他的呼吸因高度而变成喘息，他的所见由熟悉变得新奇，他的内心体验到"安宁"。全诗最具深度的两个问号由爱人的回忆勾起，如两座尖峰高高耸起，叩问"今与昔""生与死"的永恒话题。往昔难以捕捉，死亡不可逃脱，但幸好有此刻的"安宁"。当诗人的"笑话"（人能够"笑"真是上天的恩赐！）如一束阳光扫尽爱人心头的阴郁，便有了这令人羡慕的图画：黄昏中一对相依偎的爱人。（张嘉珮）

# 论童年

/张存己

我是在一间小教室里发现他的
瘦小而弯曲的身影
稳稳地安置在墙角的座位里
每当气压回升的初秋降临
玻璃窗中的风物都会渐渐变得透明
让人可以轻易望见远处的铁塔
和树顶上的云
而孩子们则纷纷变成果实落向大地
在蓝色九月的第二个星期一
他们被送进这个闭约的教育世界
并和黑板上那些象形符号一起
成为彼此视线中不易觉察的异客
而那时唯有他悄悄靠在书桌旁
似一只临水的鹳鸟
栖息在课本上喧嚣的插画里
等着纸页上的光斑慢慢扩大，慢慢
把它也擦亮，然后

将他的目光引向窗框中明净的图景

当这个小小的奇迹发生时，当他

望见浮上塔尖的好天气

所有事物便呈现出自己的样子（就连

一点点隐藏在空气里的衰朽，也

毫无遮掩）这样地，一个人就能看到

他看不到的那些东西了吗？而这

永不落幕的第一课仍将留住他

使他反复地回忆起当天的日光

游荡在教室里，细小的光斑

在食用铅笔屑的沙沙声中变得白胖

变成一场空无一人的绵长午睡

几乎挡住了迎接孩子们回家的黑夜

选自"小众雅集"微信公共号（2018年6月）

**作者** ——

张存己，本名成棣，1992年生于北京。复旦大学历史学系2017级博士研究生。曾获第三届光华诗歌奖、第三十二届樱花诗赛一等奖、2015年全球华语大学生短诗大赛一等奖。

**评鉴与感悟** ——

马尔科姆·考利在《流放者归来》一书中写道："我们的童年之乡还存在，即使仅仅存在于我们的头脑之中，即使家乡将我们流放，我们仍然对它忠诚不变；我们把家乡的形象从一个城市带到另一个城市，就像随身必带的行李一样。"诗人张存己的行囊里也装着关于童年之乡的想象，那是一把打开平行世界的钥匙，一扇回到过去的门。在语言建构的时空隧道中，他找到了童年的自己，找到了记忆里那个"瘦小而弯曲的身影"。借由这个身影的视线，我们进入了诗人所描绘的记忆中初秋的校园，先是透过玻璃窗远眺到渐渐透明的风物：远处的铁塔、树顶上的云、落地的果实；而后目光回到室内，在"闭约的教育世界"中打量黑板上的象形符号、课本上的涂鸦、纸页上的光斑。随着太阳的位移而变幻的光斑容纳着童年的奇思妙想，纯洁和质朴的心灵也像晴朗的天气一样透彻，因而所有的事物都在这样的干净日光与目光之中毫无隐藏地呈现出自己的样子。"这样地，一个人就能看到/他看不到的那些东西了吗？"诗人触摸着童年的回忆，不禁自问。那些小小的奇迹正随着年龄的增长不断被遮蔽，而这一切犹如一场绵长的午睡，仿佛醒来后我们还在童年的校园：午后的阳光晒着书桌，教室里空无一人，隐约听得到放学的铃声……（张媛媛）

# 散　步

/张嘉珮

傍晚蓝色的云
并不是被风裹走
而是自己飞回家去
当它越过八点钟的塔楼
越过没有名字的山
等待它的将会是什么
一颗静止的小星
呼吸着微弱的光
与一扇刚亮起灯的窗户
相濡以沫
因此在未来的时间里
它们只会越来越亮

黑色已涂满了院子
我停在从不说谎的树下听
隔壁村庄的狗叫

2018年7月9日
作者原创，未刊

**作者** —— 张嘉珮，1991 年生于山西怀仁，现居大同。

**评鉴与感悟** —— 这是一首安静之诗。安静的观看目光，静谧的冥想，事物的光芒涌现出来。"傍晚蓝色的云/并不是被风裹走/而是自己飞回家去"，开头便解除了人的主观意志，顺着云，与之一起云游天外。散步营造出的氛围，构成了一幅空白的背景，似有若无，留下痕迹又被擦去。正是在这样的背景之下，事物的生机和光芒自动显现出来，在这几个意象中体现得尤为明显，"八点钟的塔楼"，"从不说谎的树下"。可以看到人力对自然物象的修改，但显得恰如其分，在整体氛围之中，这些带着人为修辞色彩的词语，如盐水般融入了事物，与事物完全融合在一起，令事物获得了恰切的命名。好像获得了自己的本质力量，然而这种力量不是贴上去了，而是来自一颗安静的心灵对事物的本质直观，或者说是热爱与亲密。在亲密中对事物的观看中，人与事物回到了一种本源性的关联，一种生命与生命之间的倾听与应答。（万冲）

# 想马河畔
## ——给臧北

/张永伟

绿苔打开门扉时，没有打扰
核桃树的思索。初秋的风，
闪耀在她的睫毛上。灯管的细雨
缓缓洒落。石头在此刻起身。

那些生与死的绿魂，在树叶上摇曳——
等待着带葡萄的神仙，等待着
一个走失的人。而他早已穿过
树身，走进了另一处黑暗。

在星辰滚动的峡谷，你忽然想起
王蔷，那美若胡杨的故事：一只仙鹤，
一头蓝色的海豚。一切都冻结在
回头的那个瞬间。

在绿色的核桃枝上，你听到了
叮当的门神，作为尘世的旁观者，

他依然独立。他早已把手中的刀剑
换成了酒壶，一卷记载石头的旧书。

选自"飞地"微信公众号（2018年8月）

作者 ——

张永伟，1973年4月生于河南鲁山，20世纪90年代初开始写作，作品见于民刊、网络及多种诗歌年选和杂志，部分作品被译为英文、德文、匈牙利文等。著有诗集《在树枝上睡觉》、诗歌合集《低飞》。

评鉴与感悟 ——

诗人有出色的耐心和观察能力，擅长于从细微的事物入手：绿苔、睫毛、石头、瞬间……因此，这首诗具有一种令人感到踏实的诗意伦理——存在即细节。换言之，这是一首"限度之内"的诗，诗人不虚妄于任何概念，而是在对事物的凝视中绵延着诗意。由世界的细节深入世界本身的过程中，既是在观察也带有冥想，既是在写实也兼顾赋形。我们读到，时空的切面、命运的典故与形而上的意蕴在此相互契合，自然事物被神性的东西围绕着。它们彼此之间找到了和谐温柔的问候方式，从整体上包孕着诗人的内心。（马贵）

# 徽杭古道致王君

/赵野

一

细雨沾衣欲湿，杏花风吹来
一片天，纷乱叙事如山瀑飞泻

断崖仿佛一个经典文本
涂满苔藓、咒语、汴梁和盐

往来的马匹看尽云霞明灭
万物皆知此心的动静

飞鸟明了隐喻，向西迁徙
耀缘师留下，冥想时间履迹

二

冷杉与杜鹃偕朝代生长
成就一个诗人，山河必定泣血

写作要内化一种背景

像这石径，每一步都是深渊

要点燃千年的冰，让杭州和徽州

弥漫宋朝暖意，好比此时

身体下起雪，一个字母击碎虚空

我们谈到传统，狮子洞大放光明

选自《新京报》书评周刊（2017年10月14日）

作者

赵野，1964年出生于四川，毕业于四川大学外文系。1982年联合发起"第三代人"诗歌运动，1983年组织"成都市大学生诗歌联合会"，主编《第三代人》诗歌民刊，1985年参加"四川省青年诗人协会"，合编《现代诗内部交流资料》；1989年参与创办民刊《象罔》。曾获《作家》杂志诗歌奖，第三届天问诗人奖。出版有个人诗集《逝者如斯》《水银泻地的时候》，德中双语诗集《归园Zurck in die G·rten》《江南》；部分作品被收入大学教材。

评鉴与感悟

这首诗作并不算长，却显得底气十足，读之如三伏天的冷饮，让人百脉俱通，这无疑归功于诗人对节奏极强的把控能力，诗中的情绪被全然控制在结尾，"大放光明"四个字正是引爆的关键点，前面隐而不发的诗意也在这里被拔高到极致，这种方式无疑更让读者心中升起慨然之感。而两行一节的体式，与精雕细琢的字词，也很好地控制了呼吸，让整首诗显得繁富而不杂乱，甚至有几分精巧。而与这种通畅明达的节奏相对应的，是诗中那贯通古今的诗心。可以看到的是，诗人在诗中明白道出了自身"在写作中内化的背景"，源自传统、源自血脉的"时间履迹"，这是值得今天的许多诗人去重新找寻的。过去曾经将古今隔绝，对旧的事物弃如敝履，但越来越多的诗人敏锐地觉察到，今天的诗歌写作与过去绝非断裂，而是从一种明确的世袭转变成了隐晦的遗传，发现传统正是发现自身，发现那些幽微却又带着强大影响的东西。（肖炜）

词语的拯救

# 活着的人

/安吾

趁年轻，我一直在干最苦最重的活儿，
只有这样才能存下点钱。我客走他乡，
没有办法，我热爱这生活，没有办法，
我对明天抱有希望，也是因为没有办法。

趁年轻，我把那标准一刀切开，把铁钉
射向那个穿绿色军大衣的人：对这些事
超过一半的村民投了赞成票。但当我
抱头躺在地上，头上带着血⋯⋯我看到

风中飘着我奶奶的医保金、我的原则。
而我，一个丑陋的、被改造的吟游诗人，
在我的自首之路，还恍惚看到李兰兰，
我那另嫁他人的前女友，除了她还有谁

知道我身上最具价值的器官？我最终
的目的地是派出所，在那里，我坦白了

对活着的畏惧，也是在那里，我生平
第一次没有吃苦，我收到了命运寄来的

米面油。你们若问合不合理，我会说
主要看你们畏不畏惧；应该说，你们的
遭遇比起我的，更值得被尊重、被办理，
但在昏暗中，只有我一个自取说法的人。

只有我一个人在愤怒中走路，在暗中
理解这国家。我没有危机感，因为子弹
即将拧紧我的未来，但活到今天，我还
有一些话，未说给你们这些不完美的人。

选自"人类理解研究"微信公众号（2018年1月）

**作者**

安吾，原名杨剑强，1992年生于江西赣州，毕业于北京大学中文系，将赴广州某报就职，2013年获未名诗歌奖、2014年获樱花诗歌奖等奖项。

**评鉴与感悟**

"反讽是世界的本质。"在现代汉诗中，反讽是诗人们惯用的语气，是诗歌永恒的主题之一，也是穿透现实的尖锐利器。而在安吾的诗中，反讽不是锋利的刀刃，他意欲刺破的现实不曾喷涌淋漓鲜血，却留下迟迟不愈的淤青，隐隐作痛。他诗中的反讽因素更像是一把已被锈蚀的钝刀子，不断置换着语言内部的盐分，生成灵魂的白色结晶。在《活着的人》一诗中，安吾尝试以一种无奈而辛酸的语气吐露着生活的艰涩，真实与虚构的世界不断交织，难分难解难辨，仿若一部不言自明的当代传奇，一部暗色调的时代纪录片。在诗的抒情主人公诚恳的独白中，"活着"这一永恒重大的话题变得清晰而实在；"活着"，从高深乃至于虚无的云端哲学，下降到坚实厚重的现实大地。在被热爱着的"生活"面前，在失去温度的现实前面，一切比喻、一切形象、一切修辞都显得如此单薄，甚至矫情。幸运的是，安吾找到了适合他的、甚至只属于他的语气，他的气息流畅而自如，在他的吐息之间，"活着的人"脱离了文本空间，成为一个真正"活着的人"。而关于活着的一些疑问，我们已拥有了答案。（张媛媛）

# 几何人体

——词语雕塑的女子

/程一身

## 1 发

火焰的倒影，向下飘拂
随风弯曲时飞出火星
它燃烧，却不留下灰烬

头发就是头发，找不到喻体
麦子覆盖土地，头发覆盖
生长的秘密；永远是这样

当你察觉，头发已变长
似乎青丝银鬓像线团一样
储藏在大脑里，夜深时

被梦的手抽出，越抽越长
供你梳洗：挽高髻或编辫子
有时也不妨披散于地

像门帘一样遮住眼睛
遮住整个面孔；柔软细长
曲直相间，香洁的发丝

最美的线，多么自由
随意组成不同的汉字
组成一部爱的奥义书

## 2　面

两个倾斜的平原连成一片
美丽源于青春，拒绝再现
而我并不绝望，乐于欣赏

最美的颜色。隔着你的肌肤
阳光与血液在恋爱（使肌肤透明）
酒窝对称，只在说话时凹陷

五官在此相聚，永不分离
这完美的场景令人感动
你根本没有理由轻视自己

眼睛，图形复杂却不降低美
圆中套圆（黑白相间如昼夜交错）
越小越圆，向中心无限收缩

曙光初现，双眼张开如湖水
左右转动，让目光尽量扩散
随时随地看见这个世界

上下眼皮合成一道便门

睫毛如掸子，眉毛像屋檐
眼睛，最受保护的婴儿

耳朵，时刻张开的海螺
隐身在发丛，聚拢尘世之声
超越距离，无视黑夜黎明

鼻子，平原上的孤峰
内置双管道，从绝壁深入腹地
绝妙的工程，呼吸一刻不停

嘴唇，开合自如的洞穴
玉齿为城门，舌头如红云高悬
摇动词语的魔盒，洒落

体内玄机的雨丝：洞深无底
时刻等待食物进入空虚
空虚填不满，势必成虚无

## 3　乳

乳房，男人一生的宗教
倾向于圆，没有固定形状
有时安静有时摇晃

乳房，内衣里的元宝
两个洁白的圆合成一条
黑色的线：接触即鸿沟

乳房，胸前的一对老虎
在同一片山林觅食歇宿

终生相伴却彼此孤单

乳房，涟漪上的月亮
美已达到极致；涟漪相遇
静止的圆难免破碎

乳房，男人一生的宗教
倾向于美好，结局难以预料
可能幸福可能遭殃

**4  臀**

你坐在椅子上，臀部
酷似一粒微型的黄豆
屁股浑圆，各占半边天

我的视线被完全遮断
此时，中间的裂纹格外清晰
它似乎要把臀部分成两半

分开臀部的那条裂纹
连接臀部与椅面的两条切线
形成一个立体的三角

绝对牢固：臀部钉着椅子
椅子钉着臀部，足以保证
胎儿周围的羊水不被震动

**5  手**

祖先的手掌被劈成五份
如树枝开花，结出果实

169

一切创造源于手指

连接手掌，连接手臂
连接整个身体，手指
成为日常活动的中心

穿针引线，刺绣弹筝
五指长短各异搭配有力
双手合十灵活无比

没有手做不到的事情
触摸情欲，感受友爱
你的手总在另一双手里

## 6 脚

她莲步轻移，扭动腰肢
赢得一阵掌声和立足之地
随后她抛弃柔软的红舞鞋

换上连体袜，让皮鞋替代她
在路上留下看不见的足迹
即使站着，脚也被她忘记

黄昏时分，狮子狗引领她
让她暂时获得生活的方向
当她关上车门，驶上立交桥

像白云一样飞越太空
皮鞋黑亮，映照她的面孔

她已感觉不到自身的存在

选自"湖南诗歌"微信公众号（2018年4月）

作者

程一身，原名肖学周，河南人。著名诗歌评论家、诗人、翻译家，文学博士。著有诗集《北大十四行》，中国传统文化研究三部曲——《中国人的身体观念》《权力的旋流》《理解父亲》和《朱光潜诗歌美学引论》《为新诗赋形》；译著有《恋爱或禁欲之书——佩索阿诗文集》《白鹭——德里克·沃尔科特诗集》，编著有《外国精美诗歌读本》。曾获北京大学第一届"我们"文学奖。

评鉴与感悟

柏拉图说"上帝总在使世界几何化"。仿佛一语成谶，笛卡尔、罗素、维特根斯坦等先哲无不心领神会。诗人用词语雕塑几何人体，像是在进行一次人体拓扑学实验。（拓扑学正是几何学的分支，是关于几何图形及其位置关系的最为迷人的学问。）发是"最美的线"；面是"两个倾斜的平原连成一片"；眼是"圆中套圆"；乳则是"两个洁白的圆合成一条/黑色的线"；臀与椅面的三角仿佛是上帝通过几何学定律在向我们泄露先机……这又使人想起绘画史上蒙德里安的新造型主义。几何线条看似冷漠，却最深地浸透着自然的奥秘和动人的美。正如诗人的书写，同样是源于点线面的启示，才恰恰"组成一部爱的奥义书"。（洪文豪）

# "茫茫黑夜测量"①
## ——致王晓渔老师、蒋瑶瑶学妹②

/方李靖

**1**

发光的立方体在黑暗中上升
我认出了它：持续工作的玻璃电梯。
一块光的活塞，抵抗着重力
并在夜晚的通道里缓缓磨损

我曾在白天的透明管壁里
观看风景从三面包围；轿厢的两侧，
钢索微微颤抖：像一次垂钓
把我从一个下沉的世界里轻轻打捞。

黑暗使光的运动意味深长
它在一些楼层的位置暂停又重启；

---

①本诗的标题改写自塞利纳的小说名字《茫茫黑夜漫游》。
②谨以此诗致谢王晓渔老师和蒋瑶瑶学妹，纪念我们共同阅读的第一本书，来自阿伦特的《人的境况》。

在视线的期待中试探夜色深度，
每一次移动都是对空间的垂直测量。

而无从预判的下落，仿佛意志
不经意间松弛，那代替我
承受重量的钢索，来回拖拽神经：
在反复搬运中，你不是解放的西西弗斯。

不是每一次，光明的房间
都会比上一次攀升得更高，
当它突然下降到我所站立的地平线
我想要拒绝进入高处的体验。

**2**

厢门完全关闭，
夜晚就会以深渊的方式从脚下跃起。
我的视线提升室外的楼群——
黑幕上更黑的垂直剪影

稳定的光源填充一格又一格
窗的洞穴，仿佛均匀分布的锚点
固定一座塔楼城市的立面。
在那坐标精确的网格上检索

穿透晶状体，穿透此刻
眼镜和墙体的双重玻璃，我用视网膜
捕捞遥远的光明信号：实像？虚像？
我不知道。但我知道

再也没有比此处更适合用于

内省的空间：在这人造的装置中
不可见的电力还在连通
数字按键意图指向的楼面，不必强化视力

就能构造出对于高度的感觉。
这日常的训练，只有那些以机械节奏
保持晃动的钢索，保留我在这内向攀缘中，
一次又一次真实的漂浮体验。

**3**

那索引每个"房间"的矩形窗格
在黑暗中整齐地复制光的面积；
站在玻璃的这一边，
我想起一件动人的事迹——

也是在透镜偶然地放大后
微小的"细胞"被命名为"房间"。
繁衍与复制有些根本的差异：
因为爱有一条隐秘的路径通向世界。

但我要如何说服自己并使你也相信
当身体和空间试图同构双重的困境，
一个强烈的结构自我的意志
也同时出自此刻爱欲的清醒：

触摸这道光滑的空腔壁，
外面——凝固的世界全部是坚硬柱体。
向上，那虚拟的最高点
抽吸月球和地心间最古老的潮汐，

越是在此刻就越想看见
当我登上这条失重的阶梯：
那发光的刻痕在怎样标记钻探的过程
"直到把世界变成明亮的深渊"①


**4**

爱欲想要长出一具肉体
在这个透明的小房间，
思考造物的过程变得更像在做减法：
我要把多余的零件从头到脚脱下


一条明确身体内外的边界
在夜晚也并不比在白天更清晰：
走在阳光灿烂的大街
眼镜是我辨识城市纹理的透镜；


此刻，当我置身这口夜晚的深井
波动的手机信号，
还在连通纵深结构之间的隧道
排除潜在的密室困境，我才能镇定旁观


一些习以为常的词语是如何保留
器官、工具与空间的拉锯。
（譬如，眼镜，手机，心室的命名方式；
还有瞳孔的暗房这类比喻）


你的诞生再也不是纯粹裸体：
你在人境之中暴露啼哭和恐惧。

---

①出自诗人谢笠知《闪电》。

175

在一天中最为逼仄的时候，
你思考的边界略大于黑暗的边缘。


**5**

偶尔，我也会反省
那贯穿我与世界之间的莫名敌意。
孟子不是有云：
"万物皆备于我矣，反身而诚，乐莫大焉"？


少年时我独爱这样的句子，
"天地入吾庐"①，也同样试着领悟
"结庐在人境"，如果它们可以显现又隐蔽
我存在的标记。而从什么时候开始


有限而绝对必要的抗拒，
成为自我结构时分泌两扇贝壳的动力？
一则可能涉及性侵的虐童事件里，
幼儿园阿姨是如此令小朋友恐惧：


"我有一个很长很长的望远镜，
可以伸到你的家里……"②
在无法识别真伪的年龄，
我为孩子们遭受的谎言和暴力痛心


那么已经成为家长的成年人
是否也能意识：你们今天正以各种形式
暴露在那权力系统中任意装配的


①出自清代词人张惠言《水调歌头·今日非昨日》。
②来自2017年11月曝光的红黄蓝幼儿园事件。

176

为了监控、入侵和剥夺的眼睛？

**6**

等到最后一个数字按键
执行完它的指令，
一段有限的直线测量
终究要悬停在黑暗中的某个地方。

唉，这堵塞在喉管中的肿块；
那不远处的塔吊还在半空中执勤，
未来的世界，就是从它手中
出售的一间又一间混凝土监狱：

内外与显隐，向上的可能
都在审慎的试探中逐个辨析。
现在，这口被一维的目光
所探照的深井没有了别的逃离，除了

以重回零刻度线的忧喜重回地面，
并打开房间走向大街：
此刻的室外空无一人
但它的白天可以为百万种交叉的视线通电。

（……只是那来自他者的目光，
也会不可避免地亮出一道……）
最后一次走出轿厢，
我有一颗茫茫的心独自走在路上。

**7**

"街道的目光令我渺小"①
为数不多的本领中，对街道的观察
是一项迟迟没有开始的学习。
一个充满危险和丰富事物的世界容器，

在它的无数子结构中——
我坐上固定路线的公共汽车，观看
由车窗随机摄取和即时播放的街景：
这日常的玻璃中竭力承诺的永新。

当速度擦除了沿途广告，无限黑屏
在地铁车厢，我终于要面对
我也沉没其中的海量人像：
在反光的放映中我只能认出一张脸庞。

一次心血的来潮，也曾把我
推向南京路步行街的汹涌人潮
在那条迎接新年的午夜大街，
恐惧的本能开闸想象力的狂潮——

无数双脚在身上踩踏，
陌生的搭讪就把你拐去远方的无名山区。
那时的我怎能将爱和勇气召唤：
"无穷的远方，无数的人们，都和我有关"

**8**

尽管还有未曾挖掘的深渊，

---

①出自诗人钟芝红《当代练习》。

178

我也不再满足于自我结构的测探：
这些是自我赋予的权力下，
可以凸显也可以凹陷的黑暗。

有时，当目光的镜头转向
生活在同一个街区的人群，我知道
视力也不能完全托举行动的重量
聆听或收集故事是一种古典美德

把它们写下，就是一场声音的多重奏，
为了消减今天的景观世界中
那些高潮不止的"凝固的音乐"。
当我行走在楼群间逐渐夹紧的缝隙，

日常和历史都在呼唤一个广场。
而那个已经消失的广场上，
失踪的血液还在寻找承载血脉的后裔：
"这血液的枷锁在我们每一个人的身上"①

在一个可以变得开阔的世界，
我想去重新发现关联远方和人们的视域：
为了那不能用复制去实现的，
属于复数的人的命运共同体。

选自"同济诗社"微信公众号（2018年4月）

①出自诗人程一《苦盘古·血》。

作者

方李靖，女，1989年1月生于贵州铜仁，同济大学土木工程学院结构工程专业博士研究生在读。作品发表于《诗刊》《星星》《诗林》《诗歌月刊》等刊物。2013年担任同济诗社社长；同年参加《星星》诗刊第六届大学生诗歌夏令营；2015年获北京大学第九届未名诗歌奖。

评鉴与感悟

法国小说家路易·费迪南·塞利纳的《茫茫黑夜漫游》描绘了流浪汉费迪南在到处是茫茫黑夜的世界中从生到死的旅途。漫漫人生路，每个人都是孤独的旅行者，在难以逾越的命运面前缴械投降，以自身的原罪映照这世界的丑恶——黑夜沉沉，而归途茫茫。诗人方李靖的这首《"茫茫黑夜测量"》戏拟了《茫茫黑夜漫游》的题目，将"漫游"改为"测量"，独具工科生的理性气质。在方李靖的诗中，物理的意象在提供一种个性化的修辞之外，也完成了一种充满异质性的美感。麦克卢汉认为，如果坐在黑暗的屋子里谈话，话语就突然获得新的意义和异常的质感。话语的质感甚至比建筑物的质感还丰富。这首由精准的词语、理智的结构和感性的诗绪所建筑的长诗，因为黑暗的底色和有限的空间而呈现出丰富的意义与丰盈的质感。在对黑暗的测探中，旁观的目光成了记录的镜头，"直到把世界变成明亮的深渊"；在共同的阅读中理解"人的境况"，"我也不再满足于自我结构的测探"；黑暗的现实令人哽咽，"我为孩子们遭受的谎言和暴力痛心"；世界出处都是黑夜，"我有一颗茫茫的心独自走在路上"。《"茫茫黑夜测量"》一诗中包含了许多同时代人精辟的表达，那些文字成了这首诗的底色。在关联着远方和人们的视域中，黑色也变得层次丰富，黑暗可以凸显也可以凹陷，而"你思考的边界略大于黑暗的边缘"。（张媛媛）

# 关于拾隐者

/高宸

它必须成功地抗拒
为此它必须将词语烙印在皮肤
必须用后背熬制生活，绝尘而去
它每读一页信就走向衰老的风景
从镜中脱胎，吞下每一个标点
此外，它还可以迟缓的剥下他们
没有一个影子替它预测沉湎的后事
在音阶坠落的地方，会有怎样的死亡
被冲上海岸，去点染薄雾的中心

那些词曾用于饲养一片水域成熟的卵子
但是今夜，因为沉迷一种新鲜的沉默
它朝向热海寄出一种空白的底色
它什么也没写，它错过一切
但从没错过向一种猩红的希望伸出爪子
它至今仍能触到所有关于意义的丰满
不过这次，它想它该扔掉年老的皮箱

181

扔掉丝塔芙，扔掉乔伊斯和莱布尼茨
扔掉极薄的褐色和墓志铭
再一转身，扔掉安魂曲中的几句

它是否在意，关于既定的都将过去
它仍敞着门，让暴风雨里一夜潮湿的蜘蛛
钻过去，这只是制止一次喧哗的开始
关于拾隐者的爱欲，被危险的纬度定义
无数次之后，它已然如同呼吸
无所不在无所不被察觉

作者原创，未刊

作者 —— 高宸，1997年生于北京，现就读于中央民族大学汉语言文学专业，朱贝骨诗社成员，大学期间开始写诗，曾获樱花诗歌奖。

评鉴与感悟 —— 作为一个年轻的写作者，高宸从一开始就有很强的自我意识去构筑一种自我风格，独特的意象群与断句习惯使她的诗有一种沉稳且坚硬的力量，如同精密的仪器，将蓬勃的现象、瑰丽的幻想收束为缜密的推演，词语碰撞后，如同黑水晶一般，折射出巫语般的音响效果。这首《关于拾隐者》，具有典型的高宸个人风格，"成熟的卵子""猩红的希望""潮湿的蜘蛛"……尽管是写关于爱与欲的辩驳，但高宸的用词极具疼痛感，近乎零度的用情，仍旧像女巫的低语在诗行间萦绕。（李娜）

# 父亲(外一首)

/黑夜

我俩在廊院纳凉。
话题像一座摇摇晃晃的不倒翁
如何处置繁殖凶猛的老鼠
关系到我们自身的救赎。
终极意义的探讨不了了之
因为神在科学与信仰的夹缝中
几乎要窒息。
沉默将我俩囚禁了半个多钟头。
又开始了，天刚擦黑
那只鸣虫拖着长音的呼唤
不偏不倚落在我俩闭合的嘴唇。
父亲说他喜欢这个声音
仿佛它已晋升为家庭中的一员。
近日来这刺亮的叫喊
令父亲心神恍惚
他记忆深海里生锈的部分开始暂露：
我们的帐篷扎在林间空地

三峡的空气是沸腾的
而鸣虫是统治夜晚唯一的王
父亲说那种声音能把山谷抬翻

## 深夜长街

光芒返回了睡袋
当确定流下的乳汁
与昨天一样多。
不问于人类在造设法令
不可剥夺性的同时
又为它蒙上无限多变数。

想到如此糟糕的类比——
忽对自己丧失说话的欲望。
零星的灯迫使周围显现
一群清冷的影子：
树的、栏杆的、电线的、楼宇的，
犹如死者留给活人的记忆
静悄悄地，渴望被再次谈起。

我路过一扇扇紧锁的门
感到这些屋子
是马厩中卧伏的马
闭目咀嚼过剩的寂静。
更远处落在黑暗盛极之时
能确定一根针
也无法亮出尖尖的决心。

作者原创，未刊

**作者**

黑夜，本名马贵龙，1990年生于青海并居于青海。爱好读诗，写诗。

**评鉴与感悟**

借用布罗茨基的话来说，对于一个诗人而言，词语的选择永远比故事情节更显著。诗人黑夜在这两首诗中讲述的事情都很简单：一次聊天和一次漫游，其诗意的引人之处在他那些蕴含着力量但克制的叙述——以词语激活的身体刺痛感。我们可以细细揣度一下像"神在科学与信仰的夹缝中/几乎要窒息""刺亮的叫喊""一根针/也无法亮出尖尖的决心"等诗句中的压迫感和疼痛感，也可以感受到"那种声音能把山谷抬翻""静悄悄地，渴望被再次谈起"等诗句中蕴含的能量。诗人有意识地，把痛感和能量维持的在一个相当成熟的水平，其主要方法就是对氛围的拿捏。这是两首优秀的"情景交融"之作，抚慰我们安静下来感受黑暗中的心跳。（马贵）

# 七月递过来一张废纸

/回地

七月递过来一张废纸，纸的背面
画着一幅地狱炼狱横截面：
"美甲美睫"和"黄金回收"的招牌字跳跃
在短街对面，那荧光字体闪烁死生临界处的睫毛。
远处的潮白河：一条枯涸的斯提克斯河，
卡隆携带他的船桨，如今正经营付费儿童游艇。
维吉尔在福成五期的楼群巉岩罅隙，
点击时代的错位关节和往生石。
一个海葬归来的拜伦与但丁的幽灵合体，
在燕郊点一笼水煎包，
他们将在黄昏的纳丹堡，
租一间临高窗的卧室住下。
另一重序幕重新拉开。大海的横截面翻转：
基础面和定海神针。伪神棍盗用海龙王的帝国神学。
龙殿和龙鼎在海底晃动虚无的历史。
海盗主义国家，布满国家法学的
黑色漩涡和猩红色暗礁。

186

大海啊大海，永远在重新开始，

因为你接纳了一位汉语世界的圣洁者。

他的骸骨积累了囚禁的盐粒。

他学习过圣雄甘地，但追随者寥落如晨星。

他心尖的祷告，是否预见了这一切场景的洗礼？

他的反哺，返视和凝望，是否足以抵挡刽子手们的口令，

他们胁迫他的遗孀在一艘海轮上翻捡丈夫洁白的遗骨。

人间秩序，从你的反观中被透视：

被动的、挟持的、幽灵主义的、游移的，

美甲美睫依然闪烁这一个不是黄昏的黄昏

没有日落的日暮：雾霾的疆界……

仿佛来自异国的使者，临窗安静俯瞰的诗人幽灵起身，

将看到活人们各自看不见对方的影子：

在这一个没有影子和呐喊声的世界，他们

仅活在自身的幽灵状态中，让语言吸纳于三重阴影。

瓦雷里《海滨墓园》诗句。

作者原创，未刊

**作者** —— 回地，浙江嵊州人，现居北京，主编有民刊《低岸》等。出版有诗歌合集《六人诗选》《越界与临在》等。

**评鉴与感悟** —— 诗人回地在这里尝试了一次尤利西斯式的写作。时代与历史在诗中互相错位和颠倒，互为叠影。商业招牌成了阴阳两界的鬼魅闪光，京郊的潮白河成了古希腊神话中的冥河，冥王的船夫卡隆也华丽转身，经营起付费儿童游艇。曾经领着但丁穿越地狱、炼狱的维吉尔在新式楼

盘的假山假水间装模作样，拜伦和但丁在仿欧建筑的度假村内成了新时代的观光客。诗人把日常商业景观社会中置换成幽灵世界。死者以一种荒诞、滑稽的面目"粉墨登场"，而活人们却在雾霾交织的黄昏、日暮中"看不见对方的影子"。诗人感叹人们"仅活在自身的幽灵状态中"，或许这种种吊诡才是时代的真相？七月递过的这张废纸，被诗人展开阅读，却从根本上又是无法阅读的。（洪文豪）

# 洞中一日

/姜涛

现如今，住的是足够高了
仿佛伸一伸手，就能摸到
洞顶的雪（这新房
怎么看都更像一个山洞）
没有毛瑟枪，就拿把毛刷吧
涂抹壁上几道爪痕
新添的，带了一点母性。

倘若天气晴好，还能从洞口
探身出去，这京郊大地
原来有美洲风，水泥在天边
连续浇筑了框架、断面
然后，又陡峭地插入万户
一处处的人民城郭
有黑狗在跳，在和白狗咬。

可你又在哪？一大早，好性格

又伤过人，于是粘上绿毛

蹲在半空：等了沏茶、放屁

等牛肉下锅？电钻唱歌？

再待一会，装修的队伍

就要来了，扛了梯子，壁上观

洗剪吹的师傅也要来了


（今天换了一条新皮裤）

鸟儿问答：洞中一日，外面多少年？

看洞外，千万上班族

一大早，还是确认蝼蚁命

四面八方刷屏、抄近道

比赛不团结，或咬了热煎饼

轮番升降地表


多亏了他们，江山不变色

在电视墙上，比二十年前更高清

间或，还有人扮演蜘蛛侠

手腕弹出长长纤维

一下子，从北京弹落昌平

保佑这帮坏小子！

跳着的心脏不堵塞，二十年后


还像一个个黑窟窿

他们的战壕、他们的沙发床

持续搬到了山外，也保佑

山外旧区又翻出一座新城

包括那些费劲装修出的

寒碜的厨房、寒碜的客厅

正一层又一层，旋转了

垒上新山冈，垒成了擎天树

"乡下人听传奇故事

都是一笔笔的狗肉账"

山冈上的领袖，如是说

在架上行走，如是我闻：

这装修仅半日

世上未革命，洞中已大变


——你跌倒、爬起、抱拳

又轻踩了地板，抑或

把脑袋塞进花盆

等天下雨？等不归人？

可手机不来电也震颤

在裤子里，像一次次

不分场合地求欢

选自《洞中一日》2017年11月版

作者
———

姜涛，1970年生。先后就读于清华大学、北京大学，现任教于北京大学中文系，副教授。研究方向为20世纪中国新诗及现代文学与社会文化，出版有诗集《好消息》《鸟经》，专著《公寓里的塔：1920年代中国的文学与青年》《巴枯宁的手》《新诗集与中国新诗的发生》，编著《20世纪中国新诗总系》（第一卷）、《诗歌读本》（大学卷）、《北大文学讲堂》，译著《现实主义的限制：革命时代的中国小说》等。曾获刘丽安诗歌奖、全国优秀博士论文奖，十大新锐诗歌批评家、汉语诗歌十佳诗人，教育部名栏：现代诗学研究奖、王瑶学术奖青年著作奖、唐弢青年文学研究奖、《诗东西》诗歌批评奖等。

在姜涛的许多诗作中，我们都能发现一个"我"声音，虽不以第一人称显现，却隐身在或叹喟、或调笑的语气背后。这个面具化的声音从"洞中"走出，与人伦、工作、城市生活等各样经验对撞，又回头打量一下自己逼仄的领地，调整一下腾挪的距离与角度。《洞中一日》也不例外。将"新房"喻为蛮荒"山洞"，平白多了几分鲁滨孙开荒拓土的色彩。可是，这些修辞甚至谈不上"化用"，它们足够"轻"，像酒中气泡，漫不经心地生成，又漫不经心地腾起、消失。诗的前两节，让我联想到一些五四时代的独白小说：心绪由"洞中"向外延展，探索着陌异的新生活，背后，其实是自我的混沌与困惑（"可你又在哪?"）这也充分提示出语气的面具性质：通过"你"，诗人将"我"从独白中拉出来，获得一个外部的、评论性质的视角。往后，"鸟儿"的加入则提供了一个"洞外"的空间，掀开"电视墙"背后立体的山水，将触角进一步引向更加复杂的关联视野。

诗标题无疑与《述异记》中"烂柯人"的故事相关，但《洞中一日》建筑于内外空间的错动，更关注心绪与经验间的擦摩、闪躲。《洞中一日》排除了我们印象中的"诗意"语言，显得坦率、亲切，如触角一般，更便于深入那些灰灰白白的经验地带。（苏晗）

# 家的岁末

/昆鸟

他那被反复埋葬的头
我们盯着，又长出来了
像我们出生前种下的
终于发了芽
摇着太沉的脑袋
不敢相信
我们，就这样被压弯了
一串俯身大地的果子
根连着根，结在高处

在大风里，落单的柿子
隔着河床朝夕阳吼着：
"来看看这冬天的树林吧"
没有煤烟的华北平原
挂着皴裂的胎盘的树林
也像胎盘一样脆了，透明了
这树林的后面，是

妈妈挂在绳上的

新洗的、结冰的旧衣物

你们为我省下的健康

有了霉味儿，不能用了


我常常从物资学院路出发

地铁就进了弯道

所以，轨道在离心的撕扯里

尖啸着，通过在速度中连续起来的广告

在提速与限速的速度里

我们，进城了

也不知是要着陆，还是要登陆

我们进城了

在这个老得像弟弟的祖国

它的进程

它的进程啊

选自"芜湖诗院"微信公众号（2018年8月）

作者 —— 昆鸟，诗人，1981年生于河南睢县，现工作、生活于北京。出版有诗集《公斯芬克斯》。

评鉴与感悟 —— 对乡愁的处理在新诗中变得困难了许多，因为我们今天需要重新来描述我们与故乡之间的距离感，这种距离并不是过去那般实实在在的空间距离，而是跨越时空，带着悼念与迷茫的无家可归，是情感寄托的丢失，故乡并不是一成不变的了。比物是人非更让人悲伤的应该是，连物也迅速地变化，一个人一旦离开故土，那他的根就迅速朽坏，但在今天写乡愁同样困难的是，我们缘何要离开故土的原因，这种原因会化为枷锁，明明是数小时就可以回去的地方，却给人感觉无限遥远，因为回去这一行为所蕴含的，不仅仅是回归，还带有放弃，筹码的压力使得这个行为变为最简单却最不切实际的选择，最后给人留下的，更多是迷茫。正像这首诗里写到的，最后一节仍然是回到那个进程里，一个无法着陆也无法登陆的状态，一个永远流浪的状态。（肖炜）

# 祈　求

/刘汀

从全世界来看，365天
每天都有一个神诞生
有时候甚至是两个
还没包括那么多菩萨、大师，和
鲜活的锦鲤

作为想祈求点什么的
凡人，我们随时双手合十
向神献礼，庆祝他来到世间
请他保佑可以公开的欲望

这祈求无须蜡烛和蛋糕
更不用开生日趴体
随手转发或者念几句敬语
就够了，不行再重复一遍

唯一的麻烦是，做这些的

时候，你得小心翼翼
以防其他神无意中听见看见
产生人一样的不平衡，甚至
比爱情还强烈的妒忌
谁有勇气对命运说爱呢

我站在路边，看那些
深夜里缓慢行走的人
一个个，不是满腹心事
就是无所事事

他们把黑暗中的我
当成一棵树，一团影子
面容悲戚地经过
像经过天气预报中的暴风雨
醒着和睡着的人没什么区别
都因找不到恰当的抒情方式
而在暧昧温情的路灯下
痛斥白昼生活

谁有勇气对命运说爱呢
哪怕只是心跳加速
就足以被它的触须捕获
那触须黏稠滑腻，电闪雷鸣

选自《钟山》2017年第6期

197

作者

刘汀，青年作家，编辑。著有长篇小说《布克村信札》《浮的年华》，随笔集《别人的生活》，散文集《老家：微光与深痛》等，发表小说、散文、文化评论等若干。曾获新小说家大赛新锐奖、中国文学现场项目月度推荐作品、第十九届柔刚诗歌奖新人奖提名奖、第三十九界香港青年文学奖小说组亚军、2012年度《中国图书评论》最佳书评奖。

评鉴与感悟

城市漫游者刘汀又开始对人们进行旁观，不仅观看其行为，也窥察其精神世界。难得的是，旁观中的"我"自觉地置换了主体："他们把黑暗中的我/当成一棵树，一团影子"，观看与被观看是可以互换的，"我"也不以全知者的姿态，对路人们的精神状况评头论足。"谁有勇气对命运说爱呢"是刘汀在观察之后，向我们抛出的问题。这种问题意识也同样贯穿了他的不少诗歌。刘汀说"醒着和睡着的人没什么区别"，都"找不到恰当的抒情方式"，但他在诗里看似平淡却饱含深意的叙述以及提问，却正是一种引人深思的抒情方式。（杨碧薇）

# 临　川

/七塘

眼睛深处，轮回的通道尚未打开
我看到女人在水边
光着身体洗衣服。这是丈夫的，那是孩子和房屋的
还有，河流的。不知进退的河流

冻住了自身
我觉得，她洗了一整条河流，洗了一整河的月
和带血的盐渍
又或者，她本身，就是在沐浴

作为无礼的不速之客，我能帮她什么呢
跟她一同痛骂
与她一起生活的那个男人、无人知晓的村庄。告诉她
报应的必然和轮回的方法

也可以，笨手笨脚地
安抚她，陪她洗衣服，捡起那些碎了的心事、泥块

像神灵一样，再捏一个自己
如果她愿意

我还可以给她讲那些故事：
关于临川的文学和传说，关于梦境
纠结之后，我还是选择告诉她
自杀的方法

选自"淬剑池"微信公众号（2018年9月）

作者 ——
七塘，1999出生于北京，本名张宇，就读于首都师范大学管理学院。

评鉴与感悟 ——
这首诗令我想起了鲁迅的《祝福》，这位在水边洗衣服的女人虽然没有问"我"人死后灵魂的有无，但"我"却遭遇了与《祝福》的叙述者类似的困境："我能帮她什么呢"？女人在水边洗衣服，她洗掉了丈夫、孩子、房屋的污渍，甚至"洗了一整条河流，洗了一整河的月"，"又或者，她本身，就是在沐浴"。她能洗掉一切肉眼可见的污渍，却洗不掉生活本身的不洁、生而为人的罪。作为"不速之客"，"我"不小心闯入了一位劳苦女性漫长的悲剧性命运中的一日；作为熟悉"临川四梦"、有许多故事可讲的"文化人"，"我"似乎理应比她知道得更多，能够"告诉她报应的必然和轮回的方法"。知识上的优越让"我"面对这个洗衣服的女人时产生了一种责任感，却"热衷于责任而毫无办法"，于是深感愧疚。"我"只能与她"一同痛骂"，让她寄希望于来世，或"陪她洗衣服"，或讲故事给她听。"关于临川的文学和传说"并未提供任何具体的消除现世苦难的方法，"我"最终只能选择告诉她以终结生命的方式来逃避不幸的命运。这是一首表达现实面前人的无力感的诗，但它本身不是无力的，它让我们体悟到了诗人的现实关怀并促人深思：人能否改变自己的命运？苦难究竟有无意义？（李丽岚）

# 在黑报大楼办公室斜视圣伊维尔教堂

/桑克

是推土机和吊车联合发现的，
不是我，不是我和我的妻子杨铭在搬运图书的行动中
发现的，我的意思并不是谦虚，当然也不是反讽，
而是蕴藏着相当复杂而微妙的情感，迫使我站在窗前或者
坐在休息区的沙发上斜视圣伊维尔教堂。
如果是对面的近代建筑弘报会馆遗址，我们的斜视角度
可能就会缩小不少，而现在我只能一本正经地斜视
没有一个葱头顶的圣伊维尔教堂，也没有新鲜的外套或者装饰，
反而都是强劲而荒淫的灰尘或者其他建筑在战争之中
遗留的废墟。我当然明白未来不会存留此时此刻的画面，
更不会记住它是我有限而不值一提的记者生涯的
非人工的纪念碑，套用普希金的诗是不得已的或者说
是某种自大的基因正在宫廷的肺腑之间蔓延，
正在逼迫我来解释斜视的真实意义，
他们不相信这是真正的生理斜视，甚至不相信地段街的
斜坡不是人工的，不是出于对某种事物的反对意见，
象征的限度其实是非常强烈的，正如旁边面目全非的

霓虹桥新桥，极有可能遭到未来整旧如新的圣伊维尔教堂的
嘲笑，用俄语或者极其罕见的拉丁文。
我不知道我能否记住此时此刻，记住站在窗台之前
凝望或者斜视圣伊维尔教堂的身影。我只知道
我的生命根本赔不起他们浪费的黄金或者权柄，赔不起
从大楼顶部呼啦啦刮过的神秘气息。

选自"最诗刊"微信公共号（2018年10月）

作者

桑克，诗人、译者、批评家。1967年出生于黑龙江省8511农场，1989年毕业于北京师范大学中文系，著有诗集《桑克诗选》《桑克诗歌》《转台游戏》《冬天的早班飞机》《拖拉机帝国》《拉砂路》等；译诗集《菲利普·拉金诗选》《学术涂鸦》等。

评鉴与感悟

桑克的诗始终在日常生活（口语化）与历史感（对时空的驻足凝视）的双手互搏中生长蔓延出来。因而在桑克看似非常流畅的口语化写作中，其实隐含着自我与外界的多重驳诘。这首诗歌的题目为我们揭示了关键信息。作为记者的"我"看向历史与此在重叠的空间景观。"斜视"则既是生理性的，也是在暗示一种超出日常的观看方式。哈尔滨是一座充满历史的废墟的城市。如诗中出现的圣伊维尔教堂（五个洋葱头穹顶在"文革"中被移除）、弘报会馆遗址、霓虹桥。这些遗迹犹如旷古之风，在某种意义上是看不见的。圣伊维尔教堂只有在日常之外的斜视中才被发现。但发现它的并不是诗人，而"是推土机和吊车联合发现的"。"黄金或权柄"再一次在历史的身上进行雕刻。诗人回想自己的记者生涯，这意外来临的"斜视"一方面被称为"非人工的纪念碑"。一方面诗人又显得颇为清醒。诗人意识到"象征的限度是强烈的"，更坚硬的与神秘的双重现实则让诗人感叹生命的"赔不起"，而遁入不可说的境地。（洪文豪）

# 白　河

/苏仪

切割机，折或电钻的声音在清晨响起
它打断了正在思考的事物
几句闲聊话，像是锲子牢牢楔入木板
群众演员在两道玻璃门间排演，雨点大过了话剧

要工作的人早早出门了
他的伞，是另一双脱掉的拖鞋
时间留在门口。女孩子起床，
高高的马尾，混合着蒸笼里板栗南瓜的味道

"我已经到了，看山是山的年纪……"
"……只是，
你依旧做梦，梦里是摇摆的丛林"
（浓雾，正把白河变成一座哀悼的街区！）

爱德华·霍珀的光在现实里，使现实成为可视的孤独
激流过后的清晨听不到鸟在叫

整理过的房间，在数小时后
又显凌乱，加热的后视镜加重时间里的疏离感

作者 —— 苏仪，女，生于20世纪70年代，中学美术教师。有作品发表于《诗歌月刊》《诗选刊》《诗林》《诗江南》《北方文学》等多种刊物。

评鉴与感悟 —— 诗人王辰龙评价苏仪为"一位对自身空间保持好奇的诗人"，这是说，当与"风景"相对时，苏仪总是能够显出足够的耐心，细腻而温和地以朴拙而诚恳的语言对空间做事无巨细的观察。但苏仪以诗歌为介体进行的这种观察并不仅仅限于一种定格目光的审视，它是一种从"此地"到"异地"，将"自然之物"与"现代生活"杂糅的审视。这首诗便是如此，诗人将自身安置在"白河"这一空间，但诗人的思绪或者说所写之物早已穿梭在"玻璃城市"与"摇摆的丛林"之中，你便无法确认"白河"这一坐标的可靠性。这种跳脱感带给阅读者的是一种奇幻日常的变形。可以说，苏仪擅长对自身空间进行事无巨细的观察，但她的这种观察却带着一个精致的万花筒似的装置，不断提醒，不断加重与现实的疏离感，从而与日常时间做出抵抗。（李娜）

# 本北高速指南①

尽管入秋的天气犹如乡镇企业

裁减了道旁过剩的枝叶，本北高速

仍像刚修通的铁路，送来苗壮的青工；

或一段歧途，混在物种迁徙史的开叙处，

分拣出人生路上的后进者：

涉世未深的应届生，怀才不遇的复考生，

统统穿过它，长成以梦为驴的老监生。

当霞光掀开幽暗生涯的一角，麻雀

如巡视组般掠过，生物系荒废的试验田，

蜂房纷纷开了门，单车、电瓶和行人？

从梦里循环的迷宫冲上晨间沸腾的赛道。

多少野性在呼唤，多少内心的独白

应和着行军乐的鼓点，大世界回报以

暧昧的定律——万类霜天竞自由?!

可是自由后如何无用呢，还是自由里

---

①本北高速是一条连接复旦本部与北区研究生公寓的道路。

更有无用之大用：当它是发布秋装的T台

罗列女士们为美留白的人腿，心胸

因雨季而敞开，领受了嘉奖也缓冲过敌意，

沿途，廉价香水味却鼓舞追求者去破译

她们锦绣前程中晦暗的事业线。

如果总在路上，是否真能永远年轻

热泪盈眶，如同乘坐摇摆机在闹市隐身，

让后视镜中宿醉的银杏，将风月与你久久挂念。

当然，忽略雾霾中的"上海肺科医院"，

本北高速仅仅一根烟的时间，乘夜而归时

我曾在风中收到友人不怀好意的提醒：

Smokers shall be treated in Fake Hospital.

选自中国诗歌网2017年11月18日

作者 ——
蒛弦，1993年生于福建连江，诗人，兼事批评。复旦大学中文系中国现当代文学硕士在读。作品见于多种文学刊物和选本，辑有诗集《入戏》。曾获胡适青年诗人奖、北大未名诗歌奖、复旦光华诗歌奖等奖项。

评鉴与感悟 ——
蒛弦擅长将事物扩展出有效的隐喻，从而使其既是对风景的描摹又暗含对风景的分析、剖解和讽喻。他遵循着句子的"经济"原则，不另辟空间，一边对现实观察、想象，一边就展开评论。从其中，我们可以看到，诗人以想象力最终要服务的，不止于对抒情的修辞提升；他试图通过对那些"联袂性"的隐喻和适度反讽的练习，来发展其诗的心智判断力。这种判断力又得到了诗中主体声音的协助，他避免犹疑，在快速的、不愿多做停顿的跨行中，以颇具信心的节奏向前推进着。（马贵）

# 四月是悬铃木的季节

/午言

四月是悬铃木的季节
它们持续贡献飞絮，并以此
作为迎来送往的典礼
这些小家伙色彩金黄，触角
稀疏，如田野收割后漏掉的麦芒
它们也会落地、打滚
消失在八角金盘的巨手之下
如果再起一阵风，它们将
再度委身引力的召唤，飙升、旋转
如此落入轮回的死循环
它们没有获得自身的抵抗力
而所有沉默，都来源于树干本身
来自外部仪式后的片刻寂静
万物皆被安排，每一颗
金色小刺猬都像我
还未找准角度就被高速抬起
并在空中被赋予风的形状

巨大的呼叫声很快就会漫过去

我们都不会被听取

这个时代，唯有沉默，能将

渺小的痛苦稍加撑持

选自《十月》2018年第3期

作者 ——

午言，本名许仁浩，1990年生于湖北恩施，土家族。先后毕业于湖北大学、武汉大学，现就读于南开大学文学院，攻读中国现当代文学博士学位。写诗，兼事诗歌批评和翻译，作品见载于《诗刊》《星星》《青春》《中国诗歌》《长江丛刊》《观物》等杂志。偶有获奖，另有作品收录于《珞珈诗派》《中国首部90后诗选》《诗歌选粹》《中国高校文学作品排行榜》等集。辑有诗册《数年如零》。

评鉴与感悟 ——

实际上，将这首诗判定为一首咏物诗也未尝不可：以四月的悬铃木为中心，展开层层递进的抒情。但我们不必这样做，因为"归类"本身就是一种专横的行为，它将造成诗的沉默。这与本诗中所提到的时代的沉默相似。本诗由悬铃木的飞絮开始，作者通过比拟的手段，让飞絮与悬铃木本身不断发生联系，并在其飘落与飘飞的简单轮回中，制造了多个相互不同但彼此呼应的场景，大大提升了作品的空间容量。再者，格物般的思考方式在物我间搭起了一座桥梁，让本诗经历着一个由物到我再到我所处的时代的变迁过程。借助对悬铃木的思考，作者敏锐地感知到了我们时代的症结所在——在劲风面前，我们都是失语的飞絮。这是本诗在视野上的可贵之处。（付邦）

# 墨水瓶

/夏超

我们将名字
刻在放学沿途的杨树上
长大后，这些树早已
被卖给县城的木材加工厂

我们的含义
是餐桌和椅子，是廉价的床

我们狠狠地
在恋人的颈部留下吻痕
仍旧无法阻止她们
成为别人的妻子

我们嘴里
是盐巴和酒，是反复吞咽的词

我们想在孩子身上

弥补自己的遗憾

却成为他们的伤口和噩梦

又看着他们无可避免地变成我们


我们的生活

是二手烟，是盗版光碟


在年龄的深处，我们望云

在昨夜的积雨里消散

我们看自己的影子

缓缓融进黑夜，才醒悟


我们所有的生命

只是一滴墨水，用来书写死亡


选自"一边疆"微信公众号（2018年7月）


**作者**

夏超，生于1989年，江苏徐州人，暂居于上海，写诗译诗。


**评鉴与感悟**

这是一首在情感上保持着相当的克制的抒情诗，以流畅不拗口的语言，为一个人的一生所遭遇的破碎低吟着。从形式来看，它从始至终都保持着4到2的行数设置，仿佛对应着人生的起起落落。这让人想起一个颇为经典的命题：一个人是否可以抵抗他的命运？作者的答案是否定的，他的悲观，或者说生活带给他的伤痛，为本诗赋予了一个哀婉的基调。它说，苦涩的生活无可避免地走向悲剧：约定被金钱绞碎，爱情从不牢固，孩子又重蹈自己的覆辙。诸如此类的种种，都被以廉价的床、二手烟、盗版光碟等物象贴上了价值判断的标签，这正是经济社会中对人的衡量方式。在这种理想无法与现实抗衡的现实中，生命被作者比作是一个只装一滴用来"书写死亡"的墨水的墨水瓶。而这墨水瓶中空落落的饱含深情的部分，实际才真正的富有价值。（付邦）

# 关于飞行的流水账
## ——论飞机和手扶拖拉机的三重关系

/徐淳刚

飞机在云层中起落

犹如手扶拖拉机在山路上颠簸

一只鸟在飞，它惊恐地发现

四周都是空的

一不留神，一粒米掉在桌板上

嘴里的沙子落入山谷

一颗心悬着，犹如伤口

"女士们先生们，我们的飞机因受气流影响

发生颠簸，请大家扶好坐好，不要

离开自己的座位

洗手间已关闭，暂停使用"

安慰总是好的，就仿佛亲吻

让你感觉到自己，就仿佛双脚

始终要踩住坚实的大地

不要胡思乱想，白费力气

要相信科学、莱特兄弟、飞机制造原理

意外总是突如其来

你一定能平安落地，顺利回家
继续站在二十一楼的窗前抽烟，望着路上的
车辆、行人
平静地思考人生的意义
别害怕，机翼、机身、尾翼、动力
这些已是一百多年的智慧
你坐的怎么可能是一辆老掉牙的
手扶拖拉机
而且，你还有心灵的法宝
可以通过睡眠或想象迅速逃离
就好像灵魂出窍
已经不在这里
一切明摆着，是这样
就这样了，所以不必多想
还是系好那根你也许知道
该怎么解开的安全带
不要再望着虚无缥缈的窗外
没有什么是不清楚的：这么多人
座位，空姐，餐车
坐在你旁边的长发女人，头顶的
电视屏幕和行李
没有什么是清楚的：翻滚的云海
隆隆的声响，摇晃的果汁
瞬间停住继而消失的一个微笑，机翼上
奔跑的两个箭头
没有参照物，飞机好像不动
但颠簸提醒你，飞行是真的
你的惊惧是真的
安稳的座椅，拿走的空饭盒
手中翻开的杂志

脑子里闪过一个词：深渊。没有人能说清

字典里的解释是肤浅的

它也许在大地上，也许在空中

下一秒会怎样，一切听从上帝安排

魔鬼也会趁机捣乱

"女士们先生们，我们的飞机将在三十分钟后

抵达西安咸阳国际机场，现在

飞机已开始下降。由于机场原因

我们还需要在空中

逗留一段时间，请大家

耐心等待"

仿佛是上一次旅行，归来总是

同一个方向，同一个地方

有雪的冬日，或者炎炎的夏天

从窗口用手机拍一张高山、河流、城市、

田野的照片

无法让你确定时间和空间的照片

梦一般的照片

大地越来越近

鸟的惊恐似乎减轻

它也许早已习惯四周都是空的

就像习惯树梢、巢穴、安稳的栖息

这仅仅是一种修辞

它是什么？一只鸟，一个人

一种存在

"先生，请收起小桌板"

"先生，你的杯子还要吗？"

这些话因过于清晰，远比伟大的哲学

更复杂、更深邃，比如：

"它在它的存在中只为这个存在本身

而存在"

它就是它，不可思议

无能为力

真正的道路不在空中

永远在地面上

它也许不是用来行走的，而是像绳索一样

是用来绊人的

一切难以说清

记忆不是对过去的重温和回想

而是对现在的模仿和逃离——

我不知道是谁在开飞机

但那台几十年前的庞然大物一定是

表哥的手扶拖拉机

那天我坐在车上，手牢牢抓住身后的车厢

我们在崎岖的山路上颠簸

犹如飞机在云层中起落

我差点跳上了天，脱离了牛顿和

地球的引力。

当我们经过一个村子

爬上一座小桥

迎面一群牛羊，那些吃草的权威

仿佛遇见了鬼

我们的手扶拖拉机突然变成了一架飞机

横冲直撞，在空中失灵

一下翻进了沟里

世界突然坍塌

车轮猛烈转动

漆黑的大地犹如明亮的苍穹

选自"徐淳刚"微信公众号（2018年6月）

作者 ——

徐淳刚，1975年生，诗人、翻译家、摄影人。出版诗集《自行车王国》《面具》《南寨》，小说集《树叶全集》，译诗集《弗罗斯特诗精选》《生来如此——布考斯基诗集》《尘土是唯一的秘密——艾米莉·狄金森诗选》，布考斯基首部中文版权诗集《爱是地狱冥犬》，毛姆小说《月亮与六便士》。策展并出版《全球电线摄影展》。E-Book《摄影道德经》全球1亿册发行。出版英文版个人摄影集《Xi'an》。

评鉴与感悟 ——

诗人徐淳刚将自己的诗歌命名为"流水账"，这一自嘲的"定位"极具讽刺性。比起"流水账"啰唆的铺陈，徐淳刚的语言更像是真正的流水一般顺畅、自然，偶尔溅起几朵水花，使读者不失读诗的警惕：看似没有刻意设计的结构，实际上却"暗藏玄机"。《关于飞行的流水账》一诗是按着时序记录的从武汉至西安的旅途感受。诗人对现实场景的描摹、联想与回忆在外部声音提示的时空之中穿行，因为"流水账"的形式，旅途中广播的声音、空姐问询的声音乃至飞机自身的噪声都没有打断诗人的运思，甚至与联想的空间融为了一体。在所有的现代交通工具之中，飞机最代表人类的想象：它实现人们对天空的向往，高速地飞行几乎超越了时间，而骇人的空难则充满着危险的诱惑。许多诗人都曾描写过乘坐飞机的现代经验，徐淳刚也将自己飞行旅途入诗，但他的诗歌却流露出一种特异的气质。他飞机在起落时的颠簸状态与坐拖拉机的记忆巧妙对接，将飞行途中飞机颠簸时的身体感受与心理活动以及情绪波动用朴实、轻松且充满想象力的语言记录下来。在空中，未知的恐惧如深渊般凝视，四周空空如也："没有参照物，飞机好像不动/但颠簸提醒你，飞行是真的/你的惊惧是真的"。这种恐惧使诗人联想起几十年前在山路上坐在手扶拖拉机之上横冲直撞，甚至翻进沟里，天旋地转。这段联想打破了飞行中的紧张，削弱了惊惧的情绪，而结尾处，一句"漆黑的大地犹如明亮的苍穹"，仿佛使一切都归于平静，如流水账般毫无波澜，却余味无穷。（张媛媛）

# 白描能完成的事,时间已做得丝丝入扣了

/哑石

伊壁鸠鲁信徒相信：诸神是好的，
但不会无所不能；要么，
诸神真的无所不能，却又不好——

这，相关于你清晨怎样梳理宇宙的羽毛，
新生的、韭叶般羞涩的羽毛……

多年前，我认为，一个世纪的哀恸，
浓缩于少数几个人的徒劳。
譬如，西蒙娜·薇依，列夫·舍斯托夫……

没人镌刻他们的忧惧。绞着手，
每个人都在搭建浮桥，星空，无害而郁燥。

那么，一个东方人，想把庄子
读成一匹匹雪白波荡的锦缎，又当如何呢？

斜刺里，风裹血丝，扑进你的怀抱……

选自"丝绒地道"微信平台（2018年9月）

作者

哑石，1966年生，四川广安人，现居成都，供职于某高校数学学院。1990年开始新诗写作。集册有《哑石诗选》《如诗》《火花旅馆》等。曾获第四届刘丽安诗歌奖、首届华文青年诗人奖等。

评鉴与感悟

一行曾将哑石的诗总结为三种精神气质的混合："首先是源自佛道的'精神性'（空幻之感），其次是蜀地生活和语言中'龙门阵'式的喜剧性，第三是数学训练而来的理性心智。"相较于以往对于哑石诗的印象——以语气的对撞、翻转式的自我矫正生出诙谐不经的诗意氛围，这首诗更像一场有关精神传统的严肃探讨。诗的开篇，几乎是一场胶着的哲学辩论，最终将一个"真问题"推给了"我"："这，相关于你清晨怎样梳理宇宙的羽毛，/新生的、韭叶般羞涩的羽毛……"这一句是动人的，"宇宙的羽毛"让人联想到清晨的阳光，充满爱意。于是，诗人将人与世界的关系凝定为一个颇为温柔、同时带有相当神话气氛的场景。其下的诗篇，与其说是"中西"之辨，不如说是诗人对于自身使命的再次确认。"斜刺里，风裹血丝，扑进你的怀抱……"它不仅取消了那些固化的偶像（人们引用他们，却往往将他们改造为自我标榜的镜像），也拒绝加入某种本质化的、凝定的古典传统。换句话说，写作正如那匹不断流动的"锦缎"，它要求创造，也呼唤着诗人拥抱创造的危险。（苏晗）

# 露天温泉

/袁绍珊

只有泡温泉的时候我才能如此认真对待我的身体。
我的肉身弥撒，我的圣三位一体。

我凝视自己，她们也凝视着我，我为白雪为星光卸下所有乔装，
彼此打开皱褶的方式充满默契，男性视线终于不值一提。

我对硫黄味充满迷恋，引诱的蛇也许稍稍回避，
我喜欢在寒冬中赤诚细数瑕疵与黑痣，静看地狱谷的涟漪。

我已习惯大浴场的坦然，嘲笑忠贞的倔强；
山峰看破氤氲的法相。秘境永远在人潮的反方向。

我喜欢水的抚摸，我喜欢它们来自不可探知的地底，
喜欢用左右手制造被拥抱的假象。乳白色的月光匍匐其上。

肉体是不上锁的密室，我的圣殿我的囚徒困境，
灼热的水汽毫无预警，过度与不足化整为零。

我喜欢把雪球握在手上领受活着的惩治。

我乐意裸身被万千晚灯窥视，进入自己一如进入冰封的城市。

雪的珠链太轻，婚姻的锁链太重，只能互相耽搁；

生活充满斧凿，我选择不作恶。

一片薄荷沉下杯子。雪地将收起所有因此。

我不再羞耻于身为女人。继续做不知恨为何物的白痴。

洁净是相对的。完成与未完成也是。

在温泉中的我总是更靠近天堂，用丝瓜络擦洗宇宙巨大的肮脏。

选自"飞地"微信公众号（2018年1月）

作者———

袁绍珊，生于澳门。北京大学中文系及艺术系双学士、多伦多大学东亚系及亚太研究双硕士。曾获美国亨利·鲁斯基金会华语诗歌奖、首届《人民文学》之星诗歌大奖、淬剑诗歌奖、澳门文学奖、海子诗歌奖提名奖等奖项。2014年任美国佛蒙特创作中心驻村诗人，曾应邀出席多个国际诗歌节，担任澳门首部原创室内歌剧《香山梦梅》作词人。作品散见于两岸四地，曾为台港澳多家报刊媒体撰写专栏。个人诗集包括：《太平盛世的形上流亡》《Wonderland》《这里》《裸体野餐》《流民之歌》《苦莲子》。

221

自20世纪80年代"美国自白派"诗歌被译介进中国后，国内的诗歌创作，尤其是女性诗歌创作产生了重大的改变。自白派诗歌中那种极其强烈的诡谲戏谑的意象，身体、隐私、性、死亡等新鲜而刺激的表达为女性诗歌开启了新的表达场域。袁绍珊的这首《露天温泉》依旧可以看作是对女性诗歌这一传统的延续。在"露天温泉"这一片语言的水域中，男性的视线和观点变得不值一提，诗中存在的，只有"我"，只有"她们"，只有女性自己对自我肉身和灵魂的审视。在这种私领域的审视之下，一种新的价值观和世界秩序被重新阐释和重新创造。不得不承认，即便是距女性诗歌发轫已过去三四十年的今天，我们依旧生活于漫长的男权文化之中，女性的自我意识、创造意识的觉醒仍然是充满争议的议题。只是在这一点上，袁绍珊的诗歌便给予了我们更多的可能性。（李娜）

# 船夫和桥

/张政硕

船夫肚腩中的吆喝声
将光影的包膜划开，
前缀在喉咙中轻轻摩擦，
水中投下光影的空白。

一根浑圆的橡木
将土地缝在了一块儿
男人们唱着国际歌
用绳子将木船拖走。

上世纪的船调鲜有知晓
船头的吆喝，指向大海以北，
词语的后缀，已与木桥诀别
船夫离开木桥，不久失去讯息。

选自《特区文学》2018年第5期

**作者**

张政硕，1994年生于辽宁丹东，首都师范大学2017级俄语语言文学专业硕士在读，鲁迅文学院第三十五届中青年作家高级研讨班学员。

**评鉴与感悟**

汉语中，"尝"字除了辨别滋味的含义外，还有"经历"的意思。这个字义的引申实则透露了汉语的奥秘——中国之舌集辨味、发声和辨世于一体，可以说，汉语是一种拥有舔舐能力的语言。如果说汉语认知世界在于舌头，那么俄罗斯人民则更倾向于用喉咙去吞吐万物，含混不清的音值和混浊喉音使俄语像是被紧紧包裹在喉咙中，既咽不下去，又吐不出来。张政硕的这首《船夫和桥》便捕捉到了俄语声音的特质和语言的特质，前缀表示运动动词的方向，"前缀在喉咙中轻轻摩擦"，如同船桨划开水面；词语的后缀在表示语法含义时，词尾的发声在常常被忽视，因而"与木桥诀别"后，"不久失去讯息"。此诗作于彼得堡的涅瓦河畔，船夫与桥本是诗人眼中真实的景象，但在船夫激昂的吆喝声和怀旧的船调中，诗人却仿佛回到了上个世纪，甚至一度恍然：这不是彼得堡，这是列宁格勒！如同曼德尔施塔姆对故乡的呼告："彼得堡！我暂时还不想死去：/ 你那里还有着我的电话号码"，身处异国他乡的诗人站在心灵的流亡之地，带着对汉语的乡愁以汉语独特的舔舐能力去分辨异国的风景，却被"失味"的现代汉语所牵绊，只能更多地调动其他感官，去听船调，去看光影，唯独无法去尝鱼的腥气、水的甘味，正如无法亲身经历那些船夫的生活。然而阴差阳错的是，这种"失味"的汉语在语境的位移中也因此被雕刻上了白银时代庄重的花纹，增添了重奏般厚重的声调。（张媛媛）

# 教员日记

/钟芝红

这些年，他被激情消耗了身体。
前往学院的路上，他想起昨夜小粥的热气
更加晶亮了，一如那种缓慢的美德
被动，却存在，生活使不了解的人安全。

暂时的目光，他是每个人的同时代人。
黎明的路灯还未熄灭，便摘下今天第一颗
果实，浪费多余的光晕。不断更新的瀑布
努力学习生者的语言，喧哗使它们隐藏更多

快乐的片刻。他，或一些别的人
是滞留在当代的人。前路无路，他从书架上
取下过去的幽灵，那是他为数不多的、愿意在当代
投入精力的时刻。 没有手了，他独自被人包围

文明史尚且是他的空白。不曾辜负清醒，难道
我们得到的还会更少？洁净之人，有他的赞美！

离开出生的墙壁，仍可牵引那些
热情的阿佛洛狄忒？

必须恢复对感觉的轻，选择街景的人
不擅长取消分歧。 在爱的政治中
万物寻找合适的名字，等待脆弱地
被爱。这伶仃的平原总是漏风

决心日落时去散步，而后知后觉的蒙太奇
用尖锐的怠慢表达着他。 是要回去了
他，一个普通的教员，重新穿过华北的
楼梯。晚来欲雪，雪声充满冬日的消失。

选自《作品》2018年第4期

作者 —— 钟芝红，1991年3月生，写诗，读书，做批评，学电影。

评鉴与感悟 —— 钟芝红的这首《教员日记》，仿佛一篇微型的心理分析小说，以第三人称推进的独语，不禁让人想起郁达夫《沉沦》中踽踽独行的孱弱青年："他近来觉得孤冷得可怜。"大概几百年来，青年问题始终停驻于同一时代——便有了诗中静默的定论："他是每个人的同时代人"。钟芝红借以"青年教员"的身份，将内心的犹疑、辩驳与肯定以诗化的语言呈现出来，而对自身存在的意义这一难解的命题，也在言语反复的斡旋中逐渐得到确认。这是文学青年写作中常见的主题，但诗人却避开了庸常意义上列清单似的琐碎生活的叙写，代之以充满哲思和心理分析意味的表述。如果我们将诗歌定义为一种当代生活的备忘录的话，钟芝红诗歌中这种"同时代人"的叙写，将是青年面貌最深刻的辑录。（李娜）

灵魂的叹息

# 在更高处

/杜涯

春天，树木的绿丛在风中轻喧
我在绿丛边徘徊，时而站定，倾听：时光沙沙
时而凝神：春天的气息中，有一个纯正方向

在更高处，在树丛的上面，在群峰之上
春天的天空像原初一样宁静，深蓝
我总是凝望那里，如同有什么在那里隐隐召唤

如果我能够再安静一些，我就能洞晓
那更高处的存在，力量，永恒，以及持续
我就能懂得：那来自更高处的意志、荣光

我能够说吗：那光明之神离我们并不遥远
他常将身影隐藏在云端，或者群山之顶
并偶尔将庄严的容颜向那单纯者显现

而夜晚的辽阔星空，白昼天空的高远，无限的

忧郁，无边蔚蓝，永恒之心，永远的在
不是年年与我们相随相伴，并在高处从容？

我曾多年在大地上行走，寻找一个缥缈的地方
我也曾疲惫，暗淡，被命运之影冷冷追赶
有时我坐在树丛边，感觉到心中的低沉、悲凉

而树丛却忽然轻喧，从它的上面，从天空的
更高处，传来问询之声、安慰之音，于是
我又重新转向信心、希望，我的心又恢复了高傲，宁静

一年一度，春风从高空呼呼吹过，来自更高处的提醒
像山峰闪耀。我站在树荫下：那更高处，永不许我下降
而南风向我吹来，纯粹，清亮。我在信赖和持久中

选自《诗刊》2018年第3期

作者——

杜涯，女，1968年生，河南许昌人，毕业于许昌地区卫校护士专业。曾在医院工作十年，后离开医院，在郑州、北京任图书编辑、杂志社编辑等职。十二岁开始写诗，出版有诗集《风用它明亮的翅膀》《杜涯诗选》《落日与朝霞》。另出版有长篇小说《夜芳华》。先后获新世纪十佳青年女诗人称号，刘丽安诗歌奖、《诗探索》年度奖、《扬子江》诗学奖，第七届鲁迅文学奖。

诗歌在杜涯这里，作为现实生活的一个缓冲地带，为个人有限经验到的日常生活提供了一个腾挪心灵的空间。她用写诗的方式提醒自己，在枯索的现实之外，还有更高处的存在。每日匍匐在大地上的是面目模糊、疲于奔命的人群，诗人却不忘抬头仰望天空，"光明之神"偶尔会"将庄严的容颜向那单纯者显现"。对自然的凝视和倾听构成了一种治愈痛苦的方式，当诗人对着树木、星空、群山、春风敞开内心，便听到了来自那些永恒无限之物的召唤，心灵得到了自然的抚慰，"重新转向信心、希望"。"那更高处，永不许我下降"，"我"对自然和宇宙万物的情绪化感知进一步加深了自我与外部世界之间的关联，"我"与"更高处的存在"之间展开了情感上的互动、灵魂的对话，对"无限"的体认让"我"重新认识到自我和现实生活的限度，并能够以一种更妥切的方式去面对。（李丽岚）

# 在世界的每一个早晨

/谷禾

去岁发生的一切，今年并不曾改变
在云南，在雨北，在你醒来的每一个早晨
另一个人还不曾睡去，一些人又出生和死亡
时间的加减乘除，并不因此而减慢了速度
我遇见送葬的队伍，棺木上覆盖旗帜
而喜鹊登枝，新娘子的红盖头一点点地揭开
太阳升起来，"冰花男孩"怯懦地走进了
翻山越岭后的乡村小学校的大门口
在这一刻，京城东三环堵成了露天停车场
雾霭还没来得及退回郊外，广场上的晨练者
嗓子里发出不绝如缕的鸟鸣。更多的
孩子们手牵手，一起消失在露珠的歌谣里
在同一刻，那个怀抱婴儿的黑头巾妇女
微笑着，拉响了襁褓里的人体炸弹
我活在所有日子里，把这一切都珍藏于心间
我去过那么多地方——城市、山海和草野
从船头、空中、高铁上，看见不同的风景

像微暗的火，游动在一天里的每一秒钟

从《美丽新世界》，到《1984》《动物农庄》

的傍晚，被冒犯的世界，像一个幻象的房间

它给予我们所有的，又在另一个时间

无情地夺去，这时我们已老无所依，深陷在

失明症的漆黑里，仍然坚信光的善良天使

会继续点亮每一个金色年华的早晨

选自《山花》2018年第9期 （总第75期）

**作者**

谷禾，1967年端午节出生于河南农村。20世纪90年代初开始写诗并发表作品，现供职于某大型期刊。著有诗集《飘雪的阳光》《大海不这么想》《鲜花宁静》《坐一辆拖拉机去耶路撒冷》和小说集《爱到尽头》等。曾获华文青年诗人奖、《诗选刊》最佳诗人奖、扬子江诗学奖、刘章诗歌奖、《芳草》汉语诗歌双年十佳等奖项。

**评鉴与感悟**

本诗给人最直观的感受是：我们可以从一首诗里看见世界的模样。这并不能算作一首长诗，但其体量却是惊人的。从个体生命的往复，到世界各地发生的种种或好或坏的现象，再到历史的发展……它们都被囊括在这首诗中，作为作者展现其博大的人文关怀的道具。可以说，作者深切地感受到了现实世界的矛盾，生活阴暗面与时间一道，不断侵蚀着人们的知觉。可贵的是，在这残酷的世道中，作者依然保持对未来的希望，"仍然坚信光的善良天使/会继续点亮每一个金色年华的早晨"。我想，这不仅仅是作者独享的自我激励，也是作者给他的每一位读者带去的光明。（付邦）

# 山　间

我早已厌倦了浮夸、纵欲和
形容术。我见山是山，见水是水。
见你当然是你。
我快乐：因为我窥见了
事物的真面目。我终于能够承认：
在每一个事物的最深处
确实有一株小小的
蜡烛。那是事物故意扣留下来的
精华。没有谁能够盗走。
我行走在半夜的山间，仍然
能看清道路：左边是陷阱
右边是悬崖，只有中间可以安全通过。
我快乐：因为没有火把我也能在
漆黑的山间悠然行走。

选自"遇见好诗歌"微信公众号（2018年2月）

**作者**

敬文东，生于1968年深冬，蜀人，作家。初学生物，后学文学，1999年获得文学博士学位，现执教于中央民族大学文学与新闻传播学院。学术著作有《指引与注视》《流氓世界的诞生》《颓废主义者的春天》《被委以重任的方言》《写在学术边上》，另有小说集《网上别墅》。2018年4月21日，荣获第十六届华语文学传媒盛典"年度文学评论家"。

**评鉴与感悟**

对于久居城市的人来说，"山间"反倒是个稀罕物，这个陌生的空间可能恰恰是一个逃离的通道。在现代文明密不透风的围困里，要找到这样的山间并融入其中，是一种小概率的大幸运。诗歌一开始，诗人便声称"我早已厌倦了浮夸、纵欲和／形容术"，他回归了自然，窥见了"事物的真面目"，甚至开始心怀暖意地承认，事物的中心有发光的可能。原来，他已找到了自己的山间，也找到了山上的路，能在"漆黑的山间悠然行走"。文似看山不喜平，人若中庸两不倚，山间就是他所踏足的一条中庸的路。这是一首自足之诗，它以"行走"这一正在进行时态的动词作结，似乎也暗示了更丰富的可能：在行走中会看到什么？或许文和诗也能走出"看山不喜平"的规定，在一种前所未有的中庸里，焕发出新的喜悦。（杨碧薇）

# 大匠的构型

/李建春

大匠的构型　久已寂静
但它依然在繁殖　以白垩　砖块　零零碎碎
以清水的温柔和钢筋的怒骨
生长　钻入地下或高耸云端　最初的图纸
被反复窜改　走样　混搭的风格
太多意图出入其间　各说各话　或给大门旋出
整齐的门钉　或给垂脊安上脊兽　仙人指路
瓦当的图案　砖雕挖空心思　窗棂朦胧
门楣高耸　柱础对抗白蚁　开斜路　走后门
愤怒的烟囱在秋日下倾诉

这里依然可以居住　朱廊画栋
画满涂鸦　卫阙像两把破伞
这建筑的梦　像海底沉船　附着无数赘物
漂浮在晚晴颤动的　空气里
它的结构　无数次改装之后　依然明显
它控制着地平线　背靠群山　面朝大海

它原地不动像囚徒　　却派出它的四灵
（青龙白虎朱雀玄武）巡视东南
跟随郑和的楼船下西洋　　循着海盗船和蒸汽船
犁开的海水抵达欧洲　　美洲
泪花翻滚　　巨大的轮廓　　矗立在荒凉之上

也并非无人。这里住着富庶的遗忘
饕餮的怪兽　　失学的孩子在游戏的界面内看见
透过走廊的油烟　　蜂窝煤冷却的孔洞看见
在外来户无情地使用　　拆卸　　搭建的石灰
在滴水的衣裤　　空调　　和善良的晾衣竿
空荡荡　　光滑的包浆上看见
像进出的招待所　　影剧院门口持续曝光的
空地——它不得不自我清空　　吞吃外饰　　附件
甚至内脏　　肌肉　　循环的血管　　咬到只剩
骨架　　而依然屹立　　投下长长的阴影
在它住户的梦里　　地不分南北　　人不分
老幼　　一进去就是主人　　一进去就懂得
他们做了同样的梦　　或模糊或清晰　　同样地
余韵悠长　　像味精　　微妙地调整　　他们若
挺直一点　　就会邂逅奇迹　　在响亮的清晨
他们乘坐大巴莫名地跨过障碍　　像越野车
在连绵不断的风景中　　甚至满地泥浆
也瞬间变成高速路面（既然如此推崇）
这平稳　　所到之处都是新城　　而新城
是不朽　　何其宽大　　何其自觉

大匠的构型　　虚铺在原野　　活的建筑
恢复如雨后　　悠闲的引廊　　阶陛　　清洗一空
庄严的华表　　如新近流行的发簪

庑殿顶公正的线条延展　　或大如宇宙　　或小如
核桃的微雕　　脑神经末梢的建筑
它的住户　　子孙　　无论多么不肖　　也可安居

选自"撞身取暖"微信公众号（2018年3月）

作者——

李建春，1970年出生，诗人，艺术评论家。1992年本科毕业于武汉大学汉语言文学系。现任教于湖北美术学院美术学系。诗歌曾获第三届刘丽安诗歌奖、首届宇龙诗歌奖、第六届湖北文学奖、长江文艺优秀诗歌奖等。2008年入选上苑艺术馆驻馆艺术家。多次策划重要艺术展览。

评鉴与感悟——

建筑是视觉空间和听觉空间的边界，具有两个空间世界相邻之边界的神秘维度。诗歌也是如此。约翰·霍兰德认为，"如果把诗歌看作为口头语言高度复杂的表达方式，那么诗歌的书面形态就成为它的简单代码，在纸张上，一个字接着一个字。"诗歌通过视觉和听觉渗入身体的内部，不断穿行于均质的时间，在诗的命名术之下，万物都在其正确的位置上。诗人李建春这首《大匠的构型》，便呈现出建筑师般精妙的构思与美学的追求。诗思如钢筋搭建着坚稳的结构，诗绪如水泥填补着凝固的框架，词语如砖石错落而有致，短句如梁柱稳固且耐腐，气息是门楣与窗棂"通风报信"，修辞则是精雕细琢的脊兽砖雕或细细描摹的瓦当图案。在这精心建筑的诗歌空间内部，所有的图形文字犹如一场思维姿态的芭蕾，在旷野的中心旋转，在奇迹的漩涡中心跳跃，当风景的幕布垂落，建筑师方能停下摇曳的思绪，完成大匠的构型——"或大如宇宙或小如/核桃的微雕"。在这清洗一空的建筑之中，不肖子孙也可安居；而那永恒不朽的诗篇中，喧闹的灵魂也终将平静。毫无疑问，这是一首元诗，建筑的工匠如同诗人一般，以声

音和形状构建富有层次和质感的美学大厦；而在某些时刻，诗人亦如匠人。（张媛媛）

# 灾难一课

/刘洁岷

上帝在玩牌，宇宙的
校长在摇骰子
女生赵未琪的马尾辫儿在跳动
课桌是纸糊的，身体是薄皮裹着的一滴血浆
三楼变成一楼，五楼的
窗子被扭为一道细缝，对面实验楼
整体坍塌激起漫天的黄尘

神是无辜的，神在责怪人
人盖了一座假房子，把孩子们骗进
门口钉着初二（5）班、小一（3）班牌子的教室里
坐得整整齐齐，时间掐得很准，老师们
已各就各位，走上了讲台
但课程有了很大、无比大的调整

仿佛一千台压路机碾过
孩子们去了哪里？那些中午

240

还活泼跑动的身影，那些上午
还嵌在红扑扑脸蛋上朗读的口型
那些尚未学习过临终惨叫的
童稚的嗓音，被
野蛮的教室捏没了

孩子们到哪儿去了
送子女到为省钱而建的学校上学的家长
请不要围聚在学校的遗址前大声哭嚎，因为
虽然生命的窗口被关闭，救援的黄金时刻早已黯淡
但你们还是不要压倒、淹没瓦砾深处
那些可能的，细若游丝的呻吟

印度板块向亚洲板块俯冲，使得
操场上摆满从混凝土里挖出来的书包
摆得也整齐，那些书包脏了
青藏高原的东缘向东缓慢流动、挤压
那些书包已相互不认识，因为
它们的小主人从此就没有了
那是些死去的书包

选自《草堂》2017年第12期

作者

刘洁岷，湖北松滋人，现居武汉。2003年命名并创办《新汉诗》，
2004年创设《江汉学术》"现当代诗学研究"名栏，2016年主办
"新诗道"订阅号，著有《刘洁岷诗选》《词根与舌根》等诗集，编
选出版《群像之魅》《群岛之辨》等多部诗学论集。

平淡可能并非就是无情，有时恰恰相反，平淡可能是哀伤更沉重的表达方式，正像"哀莫大于心死"，这首诗也正是如此。这首诗写得并不复杂，叙述平缓语气淡然，但正是这种看似冷漠的述说，却猛烈地铺开一个惨烈的景象，甚至没有多一点铺垫的地方，这样强烈的对比不由更让人悲恸。每一节都酝酿着强烈的情绪，却都在最后两句消弭一空，语气也转为叹息一般，让人感到憋闷与窒息，好似隐隐在传达着，除了生死，人生没有大事。这首诗很难让人细品，因为那些汹涌的情绪被紧锁在波澜不惊的话语中，可若要试图进入，那爆裂而来的冲击便越凶猛，越读便越是心疼。（肖炜）

# 赠别阿依莎

/马小贵

七年之后的黄河边上，晚风和畅
丰裕的河谷动情起伏，礼拜过后，
前来散步的父母们交换着天气的
感叹，斜矗于河沿的一对汤瓶和
盖碗，已将本地浇饮为时兴景区。
今晚你盘起了头发，鬓间飘垂着
几丝记忆中的少女活泼，坦言在
穿上制服后就很少再唱歌。是啊
腻耳的口号不胜其烦，统御的琴
弦愈绷愈紧。从一架铁桥的中央
望下去，滚滚的浑水好似时间的
动力装置，使积郁的话回旋撞向
古老的积石山壁：同样是在六月
我羞耻于一次未遂的尾随，蝉鸣
四伏为单恋而暴露。我是自己的
剧情，是每逢故障修修补补的半
成品。有人在女生楼下观测时机

现在，你知道我是那不会喊叫的
浪漫，却是一个少年肿胀的午夜。
不说也罢，乘着扑鼻的芭兰香气，
令我们沉默而后开口的，难道不
是冥冥中的主？为他的喜悦结合，
你我，在一个牢固的三角关系中。
但无形的中介，终究如云象难测
中止的间歇仅有体内的鼓声隆隆
前定抑或耦合，善变是配偶天赋
我们就要为此置身于信仰的暗处？
你毕业后我仍逗留学院，年龄的
债务带来熬夜和酒精，像极动物。
朋友散尽，仿如信仰脱钩的动力
激情磨损，阶段性寂寞卷土重来
遗忘周五，为仪式进行个人改制。
此刻对于你们，我深感隔膜如同
两岸；明天你们必定会小心翼翼
踩过这座连灯彩桥，遵照家长的
嘱咐连带其中愚蠢，打趣，祝福，
走向自己的传统婚礼。我则热衷
于一个无法模仿的未来，鲁莽又
客观，或许在谋求职位时会隐去
备注的某栏。远处，瘫痪的农用
机车弃置岸边，背着你们挥手时
我沦为一片共情的沼泽：该如何
铺开拜毯，于诡谲的汛情中祷告

选自"柔刚诗歌奖"（2018年9月13日）

作者 —— 马小贵，1991 年生于定西，现居兰州。写诗兼事文学、电影评论。

评鉴与感悟 —— 这是一首颇为动人的赠别诗，也是诗人向友人倾诉的感遇之诗。这首诗像一条"动情起伏"的河流。诗人马小贵以复杂的心情体会着时间对人与环境的塑造。已变为"时兴景区"的故地还算重游吗？"穿上制服后就很少再唱歌"，人被抛入强力而聒噪的空间中，歌唱的需要似乎被宏大的"口号"和"琴弦"置换与消解。敏而讷的诗人知道生活在更多的意义上是一种沉默，"我是自己的剧情"。但寂静处有友人打开的新的"三体"世界——"你我，在一个牢固的三角关系中"。而后在冥冥中的主或曰命运的"如云象难测"中，人事善变，最终"体内的鼓声隆隆"暗示，各自"信仰的暗处"也许正是我们不得不走向的驻所。逗留学院的诗人一边偿还年龄的债务，一边反复体味着自己与周遭的隔膜。"朋友散尽""激情磨损""遗忘周五"，时间的河流汹涌肆虐，诗人说自己"沦为一片共情的沼泽"。值得一提的是，诗行"刻意"的齐整，是内在于诗歌的，是诗人追求缓慢与谨慎的节制，收束与调节情感的"动力装置"。"平林漠漠烟如织"，在这种有意的节制中，情感的回旋，逶迤与激荡，真是让人不胜唏嘘慨叹。（洪文豪）

# 往贤与风景

/清平

三四种木料，更多未尝有过的谈话。
风将自己一次次吹走，为了让我此刻
想象十几人在他们的夏花园里飘忽，
是面前这一片柳枝的回忆。
很多颜色像劣质酒和姑娘
忽然就融合在一起——七彩皆白

后来白也没有了踪迹。后来，
颜色中出现了我自己。
伟大的表情渐有损缺，像是
一部巨著终于等来撕页。
风景无处不在地从云端飞起，
与山川汇合在地下铁。

列车驶过暗道，车厢耀眼。
贤明制造者懒散地扮演着
被几千瓦灯光磨亮的少数。

不断的旅程，时时中断。

小说家的遗憾出现在史籍中，
颇似一段鼓舞的回忆。
远望盛夏，没有什么能写成篇章：
挥汗的人影皆聚成耳畔的风凉。

选自《阳光打在地上：北大当代诗选1978-2018》2018年8月版

## 作者

清平，本名王清平，1962年3月生于苏州。本科就读于北京大学中文系，毕业后至人民文学出版社工作。1996年获刘丽安诗歌奖。 出版的诗集有《一类人》《我写我不写》。担任美国铜峡谷出版社2011年出版的中国当代诗歌选集《推开窗》的中文主编。1990年代以来，参与策划人民文学出版社的"蓝星诗库"丛书，责编《海子的诗》《西川的诗》《顾城的诗》《食指的诗》《王家新的诗》《孙文波的诗》《萧开愚的诗》，责编"诗世界丛书"之《郑敏诗集》《绿原自选诗》《吕剑诗存》，"中国诗歌评论"之《语言：形式的命名》《从最小的可能性开始》《激情与责任》，以及陈敬容诗集《新鲜的焦渴》，阿垅诗文合集《阿垅诗文集》，屠岸诗集《深秋有如初春》等。

## 评鉴与感悟

颓废在如今已经不是一个贬义的形容了，相反，在今天颓废成为一个对抗虚无感的有效方式，一种热爱生活的方式。在先贤与风景中，毅然决然地选择风景，正是选择了一种现行的价值，现在正是黯淡的时刻，诗人也顺其自然地隐于黑暗中。在今天这个时代已经很难再成为一个隐士了，但所幸诗人做到了，正像这首诗中，以一种颓废与不以为然，诗人最终完成了自身的隐逸，诗篇结尾可以看见，作为写作者的诗人却明言，没有什么能写成篇章，整首诗读下来可以发现，这绝非矫揉造作的姿态，而正是诗人真实的想法，也正得益于这种诚实，诗人在诗中消弭了二元的对立，消弭了有与无，好与坏，是与否，而代之以无所谓，让隐逸之气自显，让整首诗显得澄澈、清明。（肖炜）

# 圆月（外一首）

/泉子

你要成为一轮圆月，
成为那悬挂于天空的明镜，
你要吞下全部的灼热，而倾吐出，
这可洗濯此世世代代人心的清辉。

## 凡　心

在对神持续的仰望与注视中，
光芒来自你的心，
来自身体的至深处。
这个终将为光芒浇筑的人是你吗？
而幽暗那无处不在的刀刃，
它无时无刻不在雕琢，在为一个伟大的时代赋形。

选自《空无的蜜》2017年11月版

作者

泉子，男，1973年10月出生，浙江淳安人，现居杭州。著有诗集《雨夜的写作》《与一只鸟分享的时辰》《秘密规则的执行者》《杂事诗》《湖山集》，诗画对话录《从两个世界爱一个女人》《雨淋墙头月移壁》，作品被翻译成英、法、韩、日等多种语言，曾获刘丽安诗歌奖、诗刊社青年诗人奖、十月诗歌奖、西部文学奖、汉语诗歌双年奖等。

评鉴与感悟

如果世上从未有过月亮，天空将会多么寂寞，夜空下仰望的眼睛又会多么无依无靠，而人类文明的版图是否也会缺失那无可替代的一个圆？月亮是人类永恒的抒情和思索对象，它是恋人的脸庞，是升仙所在，是功名，是故乡，是亲人，是兴亡，是哲思，是永恒时间的象征……而这首《圆月》中的月亮，则是苦难的承受者，同时也是罪恶的救赎者。诗人特别选择了"圆月"这个形态，月亮因承受（"吞下"）全体人类的苦难而变得鼓胀，又以最极限的努力救赎（"倾吐"）全体人类的罪恶并给人以心灵的慰藉和宁静。全诗以近乎训诫的口吻，期望"你"成为"圆月"般的人。这既可以是诗人与自己的对话，因而是一种自警；也可以是借某种更高存在的口吻与读者对话，因而是一道律令。"圆月"般的生命通过承受自身的命运而绽放光芒。在与命运的搏斗中，他未必会成功，甚至总是失败，然而这搏斗的行动本身对于后世来说具有如此重大的启示意义，因而也可以说他胜利了，因为他的行动肯定了人的尊严。"圆月"般的人是伟大的，尽管他未必拥有伟大的身份。《凡心》可以看作《圆月》的续集，镜头从圆月转向望月（神）的人，人因为仰望神而在自身深处获得了光芒（救赎？），成为新的光源。而结尾的意义却是暧昧多元的：幽暗处的刀刃，究竟在谁手中？是在每一个仰望神的"你"手中，还是一只看不见的神秘之手？而"伟大的时代"，是每一个凡人共同建筑的可赞美的时代，还是一种反讽，一个幻象？凡人，即便是能够为光芒浇筑的人，究竟是伟大时代的建筑者，还是终究会被伟大时代碾为炮灰？

（张嘉珮）

# 季节挽歌(外一首)

/唐不遇

在我的家乡，每年都有老人
被种在山上。去年
又有两个老人被种下，
又有两个季节被泥土掩埋。

今年夏天，轮到了我的爷爷，
他被抬到一座肥沃的果园。
那些苍老的果树在雨后
朝他摇着头，水珠扑簌簌掉落。

我不知道他会变成什么树，
将结出什么样的果实。
我只能等待着，眼看着
一条小溪轻快地穿过果园。

## 鱼头豆腐挽歌

杀鱼者在江边洗手，洗出
一片红烧云，顺便洗掉了
扎进虎口的刺。 他的妻子
新婚不久，在石头上捣衣。

他看见，落日像一颗鱼卵。
她感觉，那根粗大的木棒
正让她加速成饥饿的母亲。
她把石头捣成了一块豆腐

像泡沫一样在火焰上飞散。
冷却的江水重新开始沸腾，
而空心的芦苇也感觉自己
正变成一根饥肠辘辘的葱。

选自《作品》2018年第3期

作者 —— 唐不遇，诗人，当过记者、编辑，现为公司小职员。1980年生于广东揭西农村，客家人。2002年毕业于中央民族大学。出版有诗集《魔鬼的美德》《世界的右边》。作品收入《中国新诗百年大典》等多种选本。曾获柔刚诗歌奖、"诗建设"诗歌奖、广东省诗歌奖等。

唐不遇笔锋一向凝练、透彻，笔触冷峻、优雅。爱惜词语的良好写作习惯，使他拥有了以小搏大的能力。在唐不遇这里，简单不意味着少；"微言大义"般的笔法，使他即使在处理一些沉重的"永恒的主题"（比如生死）时，不会因情感的泛滥而失去平衡。恰巧，这两首都是有关于生与死的作品。在《季节挽歌》中，作者将四时轮回与人的死亡结合在一起，把故去的老人看作是待栽种的树。目睹下葬的过程，作者只能眼看着，"不知道他会变成什么树"，仿佛故去的人真的会在另一个世界里重生。而果园里苍老的树和轻快的小溪之间形成的强烈反差，又预示着一个更新的世界，新的轮回。《鱼头豆腐挽歌》也有着同样的品质。它展现了欲望的交叠与变异，如何使母亲不再为鱼和鱼卵的死亡心怀震悚，平静的语调却让人感觉被一种复杂的冷漠所击中。纵观这两首诗，没有一个表示悲痛的词语。但读毕却让人想起古人语："死生亦大矣，岂不痛哉?"（付邦）

# 月光白得很

/王小妮

月亮在深夜里照出了一切的骨头。

我呼进了青白的气息。
人间的琐碎皮毛
变成下坠的萤火虫。
城市是一具死去的骨架。

没有哪个生命
配得上这样纯的夜色。
打开窗帘
天地正在眼前交接白银
月光使我忘记我是一个人。

生命的最后一幕
在一片素色里静静地彩排。
月光来到地板上

我的两只脚已经预先白了。

选自"诗与画"微信公众号（2018年7月）

**作者**

王小妮，满族，1955年生于吉林长春，1985年定居深圳。1982年毕业于吉林大学，毕业后做电影文学编辑。作品除诗歌外，涉及小说、散文、随笔等。2000年秋参加在东京举行的世界诗人节，2001年夏受德国幽堡基金会邀请赴德讲学。2003年获得由中国诗歌界最具有影响力的三家核心期刊《星星诗刊》《诗选刊》《诗歌月刊》联合颁发的"中国2002年度诗歌奖"，曾获美国安高诗歌奖。

**评鉴与感悟**

月亮如同一台X光机，穿透"人间的琐碎皮毛"，照出一切的"骨头"，繁华都市在它的照射下也不过是"一具死去的骨架"。和"这样纯的夜色"相比，任何生命都显得渺小、卑微、不纯粹。每一个月色氤氲的夜晚，天地之间都在举行"交接白银"的神秘仪式，它曾无数次掠过我们每个人头顶，却只有诗人目睹了这个瞬间。就在诗人用语言把它捉住的那一刻，月光的纯白被无限扩散，涤除了"我"身上一切不洁之物，时间也仿佛静止了。寻常夜色在诗人的凝视下被赋予了某种神圣感，我们跟随她那简隽的语言也全身心沉浸到了一片素色里。这是人心与某种更高的自然力量连通的时刻，它通向了某个未知的新世界，人得以在这种直觉般的诗意体验里重新感知到自我生命的本质，如生命最后一幕的彩排，死亡般庄严，又如降生的瞬间，对着这个新奇的宇宙发出第一声啼哭。（李丽岚）

# 永远的家族

/严彬

我们严家有块坟地
这块坟地如今还在我家叔公门前
坐北朝南，虽然没有山，倒也宽敞

二〇〇一年，我爷爷死后
就埋在这块坟地，在我奶奶旁边
他们两个的坟啊，圆圆的，相隔一米

他们生前的关系怎样，我早就忘了
现在他们挨在一起，年复一年
一句话也不说。这种关系

就像他们还不认识
一九三二年生的施爱华遇上
一九二七年生的严定洋。他们相亲

现在他们埋在同一块坟地

这个二三十人的家族议事广场每天都在讨论些什么
野鼠是最清楚的："每个人都有过秘密"

那些小家伙在这里挖洞，晚上在底下跑
这里不也是它们的村子吗？它们生老病死
和严姓族人及他们的妻子擦骨而过

风吹过他们共同的村子，它们的地下庄园
夏天的洪水在身边流淌——他们昏黄的海
他们的神鬼故事，日常纠纷、债务，爱与恨

如今都在这严家坟地
既不神圣，也不卑贱，我们所有人的父母兄弟
像浏阳河水静静流淌。希望我死后也葬在这里
慢慢迎来我的妻子和儿女，我的母亲。

选自《作品》2018 年第 5 期

作者

严彬，1981 年生于湖南浏阳，实力诗人，飘飘荡荡的理想主义者，中国人民大学文学院创造性写作专业硕士。出版诗集《我不因拥有玫瑰而感到抱歉》《国王的湖》《献给好人的鸣奏曲》《大师的葬礼》、小说集《宇宙公主打来电话》。参加第三十二届青春诗会。获2018 台湾金曲奖最佳作词人提名。

严彬在这首诗里使用了一种叙事性的语调，其节奏、语气，"像浏阳河水静静流淌"。或者，我们换一个通俗点的说法，他是在讲故事。故事，是一种可传承的共同记忆，里面包含了大历史，也包含了小历史。家族的故事，正介于时代的大历史和个人的小历史之间；更多的时候，人们讲述家族的故事并非为了进行价值判断，仅仅是为了记住并传承。严彬也懂得这个道理，在他笔下，死去的亲人们"既不神圣，也不卑贱"，生老病死都在必然的规律中。那么，既然是讲故事，又会与诗发生什么联系？我想，靠的是故事里的诗心。在这首诗里，面对时代更迭和时间流逝时的质朴情愫，就是诗心。借由这样一颗诗心，严彬在划着朴素的桨通向高级。（杨碧薇）

# 命　途

晚归时，当我们打开楼栋的大门
一个小东西跟了过来
低头，沉默，亦步亦趋
一团灰色，恰如一团疑问
这孤独的小东西是何物　音魂为何沦落至此
无论我们即将步入电梯　卜哈立面年锤还是转身走向门外，它的盲从
令我们迟疑
原来是一只猫呢，它终于叫了一声
一只幼猫，与骄矜的老猫大不同　人由于幼小，饥饿和寒冷
它如此轻信，似乎任何路人
皆为母亲，为救星
任何一个撇下它的人
都像落荒而逃

**作者** —— 余笑忠，1965年生于湖北蕲春，1982年考入北京广播学院文艺编辑系，1986年大学毕业后供职于湖北人民广播电台。曾获《星星诗刊》《诗歌月刊》联合评选的 2003 中国年度诗歌奖、第三届扬子江诗学奖·诗歌奖、第十二届十月文学奖·诗歌奖、第五届西部文学奖·诗歌奖。出版有诗集《余笑忠诗选》，多首作品被收入国内诗歌年选及《中国新诗百年大典》。

**评鉴与感悟** —— 命途很复杂，所以先哲才对它作了那么丰富的注解；命途其实也很简单，它就是两个人，或两个生命的彼此遇见，正如这首诗展示给我们的那样。本诗的语言简单、朴素，语调隐忍、克制，没有故作姿态的起起伏伏，只平静地叙述了一个事件。从进入楼栋门碰见它，到它"盲从"作者进入电梯，再到发现这个神秘的小家伙的身份：一只幼猫。作者像一个观察者一样，观看着自己和这个单纯的小家伙之间是如何产生联系的："由于幼小，饥饿和寒冷/它如此轻信，似乎任何路人/皆为母亲，为救星"。作者也敏锐地察觉到了，这种轻信是幼猫与老猫之间的差异所在，也是儿童与成人的差异所在。在一个平凡的生活场景中，两个不同生命的相遇，却碰撞出了共同的命运的回响。几分嗟叹，几分动容，正是本诗的全部了。（付邦）

# 晚　祷

/袁永苹

今天，我看见你以你父亲的姿态晚祷。
蜷缩在床上，弯曲。
而我们游戏时，我掀起你的小衣服
看见你珍珠粒般的肋骨，弯曲，
沿着你的头颅走向一种苍白的排列。
你的哭泣随时到来。那是夜晚的仪式。
月亮高悬。刚才还没入云层，
此刻它在蓝色的工厂顶端洒下金色
粼粼闪动，如大海的波涛。
万物静默，与我们一同等待莅临的睡眠。

选自《青春》2018年第6期

作者

袁永苹，女，1983年生于东北黑龙江，曾荣获2012年度美国DJS艺术基金会诗集奖、第七届未名诗歌奖，入围中国诗歌突围年度奖等奖项；曾入选《辋川》中国80后诗人实力派，《诗建设》80后诗选，《世界当代经典诗选》《漂泊的一代：中国80后诗歌》，参与21世纪中国现代诗群流派大展等，出版诗集《私人生活》《地下城市》，诗集《心灵之火的日常》。

## 评鉴与感悟

诗人雷武铃在讨论袁永苹的诗歌时提到，袁永苹的诗"有一种被热烈的心灵之火环绕的尖锐。"这是对袁永苹诗艺的核心十分精准的概括。袁永苹的诗，始终以极大热忱指向生活最具痛感的地带，以婉转低回的语调逼近人性极幽微之处。这需要一种持续而细微的观察，同时还需要敏锐精巧的感知力，这是作为一个诗人必须具备的自觉，但我更相信，袁永苹诗中这种绵柔的力道更来自投入家庭生活，为人妻、为人母的人生角色的转换。女儿的降生、成长带来欣喜与悸动，同样地，一个小生命的突然加入也会带给诗人更多的沉思。《晚祷》是最精致的家庭生活片段的捕捉，亲密的母女间的交流为原本平淡的日常着上了一层温情的色调，这种细腻得不可言说的情感，非为人母，不可抵达。（李娜）

# 最高的存在之门

/臧棣

我的骰子还在盒子里跳跃。
——伊塔洛·卡尔维诺

无论多深，人的悲伤
不过是它的尺度。而且很明显，
任何一片落叶都可能高于它——
就好像这冬日的开阔
可疑于仅凭一种视野
就能决定信念如何发酵；
平原上的蓝，并不局限于
碧空可用来稀释
命运的晦暗，也不畏惧北风
正将它吹向发呆的地平线。
河岸上，瑟瑟发抖的流浪狗
仿佛已习惯于现在很少有人提及
从来就没有救世主，
更何况降温好于虚无。

面对那双浑浊多于警觉的眼神，

我知道，严格按分配而论，

我甚至连陌生人都算不上。

树底下，所有的阴影看上去

都比浓郁夏日的，要浅薄许多。

但是，养心养到边缘即中心，

深邃就配得上不浅薄吗？

敢不敢试一下：灵魂即遭遇；

河面上，突然结出的薄冰

明亮得像一种新的儿童玩具。

在附近，供感慨的落叶

远多于供观赏的落叶，

但如果仔细看，这些落叶

反倒自得的像是围绕

在我们身边的，真正的观众；

舞台确实没怎么变，我们以为

我们早已老练于反观，

但实际上，除了上街时

把灯笼换成响锣，我几乎从未

摆脱过我们身上的角色。

选自《山花》2018年第1期

作者

臧棣，1964年生于北京，现任教于北京大学中文系，北京大学中国诗歌研究院研究员。出版诗集有《燕园纪事》《风吹草动》《新鲜的荆棘》《宇宙是扁的》《空城计》《未名湖》《慧根丛书》《小挽歌丛书》《红叶的速度》《骑手和豆浆》《必要的天使》《仙鹤丛书》《就地神游》等。曾获《南方文坛》杂志2005年度批评家奖，中国当代十大杰出青年诗人，1979-2005中国十大先锋诗人，中国十大新锐诗歌批评家，第三届珠江国际诗歌节大奖，当代十大新锐诗人，汉语诗歌双年十佳诗人，首届长江文艺·完美（中国）文学奖，第七届华语文学传媒大奖·2008年度诗人奖，首届苏曼殊诗歌奖，2015星星诗刊年度诗人奖，首届鲁能山海天诗歌节大奖。

**评鉴与感悟**

这首诗以熟练巧妙的修辞，把不同性质的词语进行转接，呈现出自由的旁逸斜出之姿。从《最高的存在之门》的题目上看，诗人仍然是围绕"存在"这一带有形而上性质的主题展开了语言纹理的延伸和编织。与其说该是要解决"存在何为"这一问题的答案，不如，他是通过联想、比喻以及不同性质词语的并置等方式，踏上了有辩证性质的智力跳板。比如，"任何一片落叶都可能高于它"反向拔高了落叶的势能；"更何况降温好于虚无"将具象的天气和抽象的生命感并置，加持了彼此的词效。该诗的语调平易近人，显得比较轻松随意，而其诗意在接二连三的流转中也变得开放、充满可能性，正如所引用的卡尔维诺"我的骰子还在盒子里跳跃"。（马贵）

# 弥漫着

/张二棍

在鸟的身体里，能找到天空
而一只穿山甲的内部
暗藏着大地的起伏
我是那个不能上天，也入不了地的人类
你不要试图，从我这里找什么
我的恐惧，我的悲伤，我江水上的
三千里大雾
也在你的身体里，弥漫着
我的泥泞小路
也走过，要去看望你的人
而这伙人中，也混迹着
几颗怀揣刀斧的心

选自张执浩主编《汉诗·鸟的身体里有天空》，长江文艺出版社2018年5月版

**作者**

张二棍，本名张常春，1982年生于山西代县，系山西某地质队职工。出版诗集《旷野》。获2015年《诗刊》年度青年诗歌奖、2016年度诗探索·人天华文青年诗人奖。2017—2018年度首都师范大学驻校诗人。

**评鉴与感悟**

在"问诗"与"问道"之间，张二棍的诗歌写作更多的是倾向于"问道"。他常常选择一些微小的事物，一些人间草木，将自己摆在与它们持平（甚至更低）的位置上，来观察它们，叩问自身，同时也"问道"。在这首诗里，鸟和穿三甲与人类构成一组对比，诗人"问"出了人的局限性；"你""我"和"看望你的人"又构成了另一组对比，诗人"问"出了人性的差异。我们看到，被"问"出的问题，在诗里都是悬置的："我的恐惧，我的悲伤，我江水上的/三千里大雾"在"你"的身体里弥漫；怀揣着刀斧心的人也并没有卸下刀斧。所谓"问"，正是"问道"的精髓之所在，所以，我们需要悬置地问，它让我们保持警醒。（杨碧薇）

# 松针是最好的引火

/张执浩

读过的报纸，看过的书
写给暗恋者的信以及
那些活死人的讣告都是易燃物
当我意识到这个世界的贫乏后
生活竟然变得丰富起来
无用之物即将将我活埋
焚毁的冲动时刻都存在
尤其是雨后，在我惊讶地发现
我已经活到了欲哭无泪之年
不远处的烟囱在冒烟
手持吹筒蹲在灶膛门前的人
从前是一个少年，现在什么也不是
现在我身边再无可燃之物
唯有写下这首诗
折断身体里的一根根枯枝

选自中国诗歌网2018年8月20日

作者 ——

张执浩，1965年生于湖北荆门，1988年毕业于华中师范大学。武汉市文联专业作家，《汉诗》执行主编。出版诗集《苦于赞美》《动物之心》《撞身取暖》《宽阔》《欢迎来到岩子河》《高原上的野花》。获中国年度诗歌奖、人民文学奖、十月年度诗歌奖、华语文学传媒大奖年度诗人奖、陈子昂诗歌奖，获第七届鲁迅文学奖。

评鉴与感悟 ——

这是一首关于燃烧的诗。燃烧是一种生命状态，它就像歌曲里的高音，不可能时时在场、时时保持充沛的能量。因此，在生命中那些特别的时刻，它化身为报纸、书信等易燃物，呈现出一种可燃却不燃的样态，将燃烧与否的选择交给人。而如今的"我"惊讶地发现，"我已经活到了欲哭无泪之年"，随时随地燃烧的能力在离"我"而去，"焚毁的冲动"却还"时刻都存在"。这样的困境让我们看到了燃烧作为生命状态的两面性：它带来危险，但也携带着希望和活力。意识到这一点的诗人，察觉到了时间的匆匆流逝，他并没有大哭大喊，"唯有写下这首诗/折断身体里的一根根枯枝"。或许，这也是燃烧曾经教给我们的道理：在"再无可燃之物"时，只有写诗才能代替燃烧，为我们保留绽放的尊严。（杨碧薇）

# 穿刺者

/钟鸣

他说"希望"的时候，结果，把"希望"
说服为企图，说"我想"，或"我以为"，
习惯性的补漏，却又难以脱口，就像他曾
住过的那道菜市场旁边的小溪，那条

就不曾有鱼龙变的阴沟，或没有照相机的
画幅，也从未见过一夜千金散尽的富裕想象，
最后将一切气馁的蚊蚋变得来似乎有价值，
可把苍蝇嘘成乌云，把明天难以阻止的滑坡

鼓舞作某个民族的号角，或郁闷的拖沓。
若河里的石头猛涨了，企图或希望成为可治
未开化的砭石，他索性就会直接买下这匹山，
或狂妄，再用狂妄去惩处已可能过气的局势。

这时，他会发现撕裂的镜像中并没有啥两样：
既不见极目的穿刺者，也没有希望真正击中的

恶棍，那非要有颓废自戕到伤残无人的气度才行，
但从自然看，也不可能有第二类江湖或啥企图。

最后，摇撼他的既不是一滴鳄泪，也非面临
绝境所需的云滞寂寞，这些每天都在贬值的
假设，最终会成为负担，成为不可能的可能，
抑或也就是蹚浑水像鱼那么寒碜并针砭入骨。

选自"象罔"微信公众号（2018年7月）

作者 ——

钟鸣，1953年12月生于四川成都，1982年毕业于西南师范大学中文系，1978年正式写现代诗。早期诗作刊发于《星星》、《今天》（海外版）、香港《星岛日报》、台湾《创世纪》等。1991年短诗《凤兮》获台湾《联合报》第十四届新诗奖。出版随笔集《城堡的寓言》《畜界，人界》《旁观者》。出版诗集《中国杂技：硬椅子》《垓下诵史》。曾获"东荡子"诗歌奖评论奖。

评鉴与感悟 ——

"穿刺"是古代刑法的一种，也是现代医学的手段，在某些地区的民俗祭典中，"穿刺"还是一种让人心惊肉跳的自戕表演。尖锐的刺穿透皮肤，疼痛钻心，但"穿刺者"却已经麻木或自以为麻木地以面无表情回馈看客。《穿刺者》一诗以反讽而悲悯的语调，塑造了这样一个沉默、麻木、郁闷或狂妄的"穿刺者"形象。"他说'希望'的时候，结果，把'希望'/说服为企图，说'我想'，或'我以为'"，词语和身体因某种疼痛联系在一起，以致意欲表达的和实际说出的形成了裂隙，如罗兰·巴特所说，"我用语言掩盖的东西却由我身体流露了出来。"而话语的方式也是生活的方式，难以脱口的言说像"他曾住过的那道菜市场旁边的小溪"、那条没有发生任何奇迹的一条阴沟或者既不真实又缺乏想象的画幅。"穿刺者"抵御的姿态和神情试图

将"气馁的蚊蚋"变得似乎有价值；将滑坡当作号角，甚至为了"未开化的砭石"而买下这匹山。但最后，想象的镜像被撕裂，与真实并无两样，表演穿刺的人不可见，应当接受刑罚的"恶棍"也没有被真正击中。诗人以旁观者的视线敏锐地捕捉到了"穿刺者"微弱地颤动，而摇撼他的不是鳄鱼虚伪的眼泪或者绝境中的寂寞，而是某种历史的虚幻和现实的空无，因为只有这些假设每天都在贬值，最终成为负担，"成为不可能的可能"。（张媛媛）

# 汆 壶①

/柳苏

我们在饥饿中坐定
听着汆壶里烀嘟嘟的响声

那时候，远离贪婪
满足，把一撮黄豆、一颗鸡蛋煮熟

无惧的铜锡随时纵身于水火
感激之情就变作不断擦拭

日子流水般过去了，主人的笑容日渐增多
汆壶开始流泪，修补匠失去踪影

也许，几辈子的沸水沸汤

---

①汆壶是北方乡间旧时常用的烧炊器具。呈圆筒形，身长尺余，直径十公分左右，口沿处焊柄，质有铜、锡两种。能烧水，熬粥，煮物。

堵不上某一天针眼大小的渗漏

选自中国诗歌网 2018 年 9 月 27 日

作者 ——

柳苏，中国作家协会会员。作品见于《诗刊》《星星》《绿风》《诗潮》《诗林》《诗歌月刊》《扬子江诗刊》《诗选刊》《散文选刊》等，入选《中国当代散文精选》《中国诗歌精选》《中国诗歌排行榜》《中国最佳诗歌》《中国年度诗歌》《中国年度优秀诗歌》《中国年度好诗三百首》《中国文学年卷·诗歌选粹》《大诗歌》等选本。著有诗歌、散文集八部。民刊《杯水》主编。现居内蒙古鄂尔多斯市。

评鉴与感悟 ——

柳苏的诗一向精炼淳朴，很多平凡的事物到了他的诗里都忽然有了神性或精神性。这首《氽壶》就是如此。诗人借"氽壶"这个老物件，使时光倒流，让生活的点滴去遭遇传统的式微，以微小的物件去碰撞宏大的历史，典型的以小博大。诗人通过对旧时使用老物件氽壶的一段段回味，把暗藏的历史背景以及对老时光温暖的怀念情绪细腻地表达出来。旧物破损，已不能修补，该去的再怎么不舍，已不能挽留。诗人以"氽壶"来借喻传统的东西经不起岁月的磨损，不经意间就会留下"失去"的遗恨，在传统的东西被摧毁得支离破碎的今天，诗人赋予"氽壶"一种精神的指向，以它本身的属性给世人以警醒。告诫世人："也许，几辈子的沸水沸汤/堵不上某一天针眼大小的渗漏。"这才是这首诗的意义所在。（宫白云）

# 声　明

　　本套"北岳·中国文学年选系列丛书"收录了2018年度众多优秀文学作品及文化时评类文章。在编选过程中,我们及各选本主编已尽力与大多数作者取得了联系,但仍有部分作者因故未能取得联系。见此声明,烦请来电,以便奉送薄酬及样书。

　　联系人:庞咏平

　　电　话:0351—5628691